시간이 자라는 뜨락

시간이 자라는 뜨락

| 정윤택 수필집 |

졿츨판

책을 내면서

모든 문학의 장르에는 언어가 필수적 매체로 등장하게 마련이다. 시는 시대로 구성이나 함축과 절제, 응축된 언어의 기법을 사용하고, 수필은 수필대로 구성에 구애받지 않는 자유분방함이 있다. 하지만 문학적 형상화 없는 글은 한낱 넋두리에 불과하다. 전달하고자 하는 미적 조형성을 어떻게 구사할 것인가라는 당위성이 언제나 숙제로 남는다.

과일도 맛있는 것을 소비자가 찾는 것처럼, 수필 또한 이와 별반 다르지 않다. 작품도 서정적 여운을 느낄 때 글을 읽는 맛을 느낀다. 수필은 자기를 모델로 한 글이다. 미처 형상화 과정을 거치지 못한 작품을 보면서 회의와 자책도 있었지만 창작의 동기부여라는 관점에서 보면 작은 깨달음도 얻을 수 있었다.

문득 생각나는 시간 위로 간직해 두었던 지난날들을 소중한 기억으로 남기고 싶어 글을 쓰고 책을 펴본다. 마음이 글자가 되고 한 권의 책이 되기까지에는 보이지 않는 수많은 숨결이 스쳐 갔다. 사색의 우물에서 수없이 두레박 끈을 끌어 올려야 했고, 파편

화된 상념을 주워 모아 글로 승화시킨다는 것은 결코 쉬운 일이 아님을 새삼 깨닫는다. 한 장의 편지에도 지우고 쓰길 반복하거늘 하나의 작품이 되기까지 고뇌의 길도 감수해야만 했다. 누가 강요한 것도, 누가 바라는 것도 아닌, 독백의 밤을 색칠해 놓으려 했다. 봄은 봄대로 가을은 가을대로 서투른 붓으로 그려낸 물감 없는 수채화로 남고 싶어 세상에 마주섰다.

지금까지 두 권의 수필집을 내었다. 첫 번째보다는 두 번째가, 그리고 세 번째가 더 어려움을 느낀다. 글을 쓴다는 것과 책으로 활자화한다는 것은 곧 내 자신 속으로 들어가 영혼의 그림자를 밟아 보는 것과 같은 것. 그래서 용기를 내어 이 책을 펴기로 한 것이다.

또한 상황설정이나 주제의 투명성, 문장구성과 어순 등 적절치 못한 표현들도 적지 않다. 나의 의도와 메시지 전달이 상충되는 작품들도 있다. 이와 같은 모든 것들을 독자로 하여금 평가를 받아보고자 한다.

언어의 유탄流彈에 아쉬움은 남지만 그동안 작품에 쏟은 열정을 위안으로 삼고, 이 책을 편다. 지금까지 이 책이 출판될 수 있도록 도와주신 모든 분들께 다시없는 감사를 드린다.

무술년 여름 상암 우거에서

• 차 례

책을 내면서   4

제1부 초록이 물드는 나무

산길 단상   15

고독의 산책   17

부부 소나무   20

초록이 물드는 나무   24

산 너머에는   27

분재   31

나무와 궁합   35

늙은 사과   39

매운 세월의 흔적   42

오는 봄, 가는 가을   46

제2부 **잠들지 않는 영혼**

빈 항아리   51

마음의 꽃   54

잠들지 않는 영혼   58

스트레스의 선택권   62

연꽃과 나비   66

금연 일기   68

박쥐의 우화   72

환상의 섬, 환장의 섬   76

여행의 묘미   81

• 차 례

제3부 **맛과 멋**

두 얼굴의 동백꽃   89

문득 생각나는 가을   93

초원의 메밀밭   97

맛과 멋   101

공원의 빈 의자   103

가을의 소리   107

해변의 아이들   110

정관자득   114

나의 아파트   117

민속 오일장 날   120

제4부 **상념의 모자이크**

뒷모습   127

골목 안 풍경   130

모놀로그   133

교통 체증   138

배고픈 다리   142

편견   145

여백과 여유   149

할머니와 손녀의 대화   152

상념의 모자이크   155

• 차 례

제5부 **한 해를 벽에 걸고**

목각 한 점   163

물 없는 섬 하나   167

한 해를 벽에 걸고   170

달려오는 작은 섬   176

시간이 자라는 뜨락   179

보리밥 사연   183

물에게 길을 묻다   187

두 사람을 위한 기도   189

초원의 나라를 가다   191

캥거루   195

제6부 **삶의 뒤안길**

사려니 숲길   201

쑥부쟁이   205

제비꽃   209

올레길 제4코스를 가다   212

옥상에서 바라보던 한라산   215

껌 씹는 소   219

삶의 뒤안길   222

자연의 눈과 예술의 입   225

한 입에 또 하나의 혀   228

세월의 빈 모퉁이   232

• 차 례

제7부 **침묵의 언어**

계절의 화신, 제비　　239

여유의 계절　　244

도솔산이 보이는 창가　　248

사색　　251

생태숲의 구상나무　　255

나에게 띄우는 편지　　259

가을 여정　　263

비둘기　　266

침묵의 언어　　270

제1부

초록이 물드는 나무

산길 단상
고독의 산책
부부 소나무
초록이 물드는 나무
산 너머에는
분재
나무와 궁합
늙은 사과
매운 세월의 흔적
오는 봄, 가는 가을

산길 단상

11월 잎새가 발밑에 바스락거리는 날 오후
반백이 노을 짓는 산그늘에 빈 고요를 밟고 섰다.
시선이 이끌리는 곳마다
치열한 생존의 열정도, 불타던 만추의 여흥도
현실을 비워 낸 욕망은 알몸으로 돌아눕고
낯선 바람이 찾아와 여름의 발자국을 지우고 있다.
문득 떠난 시간 저편, 계절의 뒷모습에서
한 해가 지고 있음을 만져 본다.
내 안에 울음 되지 못한 작은 슬픔들도
샘물가 표주박에 입맞춤하는 순결한 눈빛으로
투명한 사색의 영혼을 들이마신다.
떠난다는 것은 새로운 시작인 것처럼 가고 또 간다.
계절이 스쳐 간 자리엔 외로움의 작은 구름 띄우고
편히 잠들지 못한 부서진 영혼을 달래는 남루한 풀잎

만장이든 구름 조각 따라 산비둘기도 어디론가 황급히 떠나간
다.

남은 것이라곤 고독을 갈무리하는

정적을 쏠어내는 길 잃은 바람 소리뿐,

길 없는 길 따라 늙은 햇살도 더딘 걸음으로 성판악 고갯길을
넘고 있다.

고독의 산책

- 당신은 외로우십니까. 그러면 고독을 산책하십시오.

고독은 홑진 외로움의 공간이다.

늦가을 처마 끝에 떨어지는 낙숫물 소리가 여린 고독으로 찾아 들고, 입술을 유혹하는 달그림자도 고독의 향기로 다가설 때가 있다. 비단옷 입고 밤길을 걸어도 아무도 몰라주는 까만 밤. '나는 누구인가, 어디서 와서 어디로 갈 것인가.'라는 고독의 실존적 물음에 위로의 홑이불을 어설프게 덮을 때가 있다.

'시드는 꽃에서 아름다움이 있다.'더니 아픔에도 향기가 있다. 비워 낸 가슴 위로 침묵하는 발자국, 그것은 고독이 두고 간 향기가 아니겠는가. 그래서 고독은 나만이 향유할 수 있는 모놀로그이다.

고독은 내가 나를 만나는 공간이다.

외로워야 나를 만날 수 있다. 내안에서 나를 만난다는 것은 산간오지나 절해고도를 찾는 일보다 더 어려운 일이다. 때로는 초대

받지 않는 연회석에 앉아 있는 마음이고, 때론 이방인이 되기도 한다. 덧없는 짐을 부려 놓고 가벼운 마음으로 길을 나설 때 나를 만날 수 있다.

마음속에 널려 있는 수만 가지 상념의 껍질을 벗겨 내고 속살을 들여다보노라면 가슴 위로 기어오르는 허허로움도 결코 남의 것이 아님을 깨달을 수 있겠지. 내가 나를 만난다는 것은 진실의 반쪽이라도 마음에 심는 일이다.

고독은 지난 시간을 만나는 회귀의 쉼터이다.

열쇠로도, 카드로도 열리지 않는 문이 있다. 마음의 문이고 추억의 문이다. 추억하기 위해 나이를 먹는다더니, 나이가 들수록 회억의 시간은 흰머리만큼이나 늘어간다. 산꼭대기에 오르면 걸어온 길을 내려다보는 것이 당연한 이치이다.

추억, 그것은 잠시나마 삶의 짐을 부려 놓는 유일한 쉼터이자 나만의 공간이다. 가슴을 열고 회억의 강물 소리를 듣노라면 살며시 하얀 눈 밟고 간 어린아이의 발자국처럼 아련함도 있고, 심장을 결박하던 눈물 자국도, 무지개의 허리를 잡는다. 그래서 나는 추억한다.

고독은 발효를 위한 정신력의 원점이다.

내 생활의 영역 중 남에게 보여주기 싫은 게 두 가지가 있다. 마음과 지갑속이다. 마음은 단순한 감수성의 영역이 아니라 내 삶을 재단하는 왕국이라서. 지갑은 빈부의 척도를 가늠하기 때문이다. 지갑이 비면 마음이 허전해진다. 점심을 먹고도 허기진 날은 지갑 속을 남에게 보여준 날이다.

마음은 쓰면 쓸수록 샘물이 된다. 정신과 마음, 어느 것이 먼인 지는 모르나 발효되지 않는 정신은 생명을 잃는다. 흙도 고독해야 싹을 틔운다. 고독 없이 이루어지는 것은 없다.

유명한 발명품도 고독의 백야를 어루만진 결과이고, 독자의 가슴을 울린 문학작품도 외로움의 암벽을 깨고 일어난 침묵의 결과가 아니겠는가.

고독은 소외가 아니라 관념의 날개이다.

'인간의 영혼은 고독이다.' 고독 없는 관념 어디 있을까. 고독한 영혼 뒤에 참된 행복이 있고 용기가 있다지. 진실한 사랑 뒤에는 언제나 고독한 영혼이 있게 마련인 것을. 생각에 옷을 입힐 때 고독은 보상되는 것이다.

고독은 비와 같은 것, 목마른 들녘에 쏟아지는 빗줄기처럼 마음에 해갈을 얻는다. 무거운 생활의 짐을 부려 놓는다.

영혼의 빈 공간을 채우려고….

그래도 고독하다고요.

그것은 당신의 상상력이 자라는 증거입니다. -

부부 소나무

설익은 가을 햇살을 밟으며 길을 나섰다.

오랜만에 아내와 함께 서귀포에 위치한 식물원인 상효원을 찾았다. 약초원을 돌아서니 널따란 푸른 잔디밭이 시원스레 다가선다. 잔디밭 가운데 우뚝 서 있는 소나무 두 그루, 안내 책자에는 수령이 350년 된 부부 소나무라고 적혀 있다. 소나무 주위로 바위 덩이와 어우러져 고고한 멋이 한층 돋보인다.

육중한 세월의 무게를 느끼면서도 젊은 초록의 원색을 지니고 있다. 피죽은 거북등보다 더 굵은 골이 패어 있는 데도, 가지 끝 청솔은 가을의 하늘빛과 더없는 색조를 이루고 있다. 가지 사이로 해맑게 흐르는 구름, 솔가지에 찾아온 바람은 설익은 파돗소리를 내기도 한다. 그저 바라만 보아도 좋고, 오래 볼수록 흐뭇해진다. 더욱이 솔가지 끝자락에 매달려 있는 솔방울 하나, 마치 어린아이 부랄 같이 앙증맞게 매달려 있는 모습이 더 매력적이다.

긴 세월을 부대끼면서도, 애증의 눈빛 하나 없는 노부부처럼 서로 다독이며 살아온 부부 소나무를 묵시黙示하노라니 바람이 솔가지에 리듬을 타고 들려오는 소리는 마치 긴 세월 살아온 노부부의 삶을 이야기 하듯 들려오는 것이다.

지난 세월 눈물보다 가슴 아픈 말들도 지금 와 생각해 보니 그것도 사랑의 방법이었습니다.

사랑한다는 말 한마디 못하고 살아온 지난날들도 지금 와 돌아보니 모두 다 미련한 그리움으로 남습니다.

발아래 묻어둔 지난날들, 당신을 미워했던 마음도 이제와 생각하니 그것도 작은 사랑이었습니다.

사랑하며 살아온 날보다, 미워한 날들이 많은 것은 한낱 배부른 투정이었음 이제야 새삼 깨닫습니다.

부부로 함께 산다는 것은 산이 구름을 품듯, 뜰이 호수를 안듯 넉넉한 가슴으로 삶을 갈무리하는 것이 진실 된 부부의 참모습입니다.

이명耳鳴처럼 들려오는 솔가지의 바람을 타고 부부 소나무가 나에게 전해주는 밀어密語인지, 내 삶을 반추해보는 마음의 끝자락인지, 분간이 서지 않는다. 분명한 것은 부부 소나무 앞에서 내 맘을 실토하고 있다는 점이다. 부부가 되어 함께 늙는다는 것도 아름다운 모습이다. 하지만 늙을수록 고고한 멋을 자랑하는 노송老松의 멋을 어찌 따르리.

어느 누가 이야기하기를 '부부란 3개월간 사랑하고, 3년간 싸우고, 30년간 참으며 사는 것이 부부라 했다.' 우리 부부도 지난날을 뒤돌아보면, 싸우고 살아온 날이 3년이 아니라 30년이 될지도 모른다.

부부싸움은 원래 큰 문제에서 시작되는 것이 아니라 사소한 일로 얼굴을 붉힌다. 티격태격하며 살다 보니 올해로 금혼식도 지났다.

부부란 1과 1을 더하여 2가되는 수학 공식이 아니듯, 나의 마음을 반으로 줄이고 아내의 마음 반을 받아들이면 이 노송처럼 살 터인데, 그 반쪽을 받아들이지 못하고 살아온 나의 삶, 350년을 살아온 노송 앞에 저절로 고개를 숙일 따름이다.

어느 날인가 아내가 나에게 "당신을 보면 소름이 끼칠 때가 있다."고 했다. 처음 들었을 때는 은근히 화가 치밀기도 했지만, 쓴 웃음을 지으며 되물었다. "뭐가 소름 끼치는데?" "살아온 세월을 생각하니까." '그도 그러겠지.' 속으로 생각하며 순간을 넘겼다. 너그러운 마음을 가진 사람처럼….

반쪽이 참으면 소리가 나지 않는다는 비법을 부부싸움을 통해 터득한 지혜이다. 부부싸움은 먼저 화를 내는 쪽이 결국 지게 마련이다. 감정보다 이성이 승리자라는 것을 익히 알면서도, 책속의 문구를 간혹 잊어버리고 화부터 먼저 낸 적이 어디 한두 번이었던가.

젊었을 때는 일주일이 멀다 하고 부부싸움을 했다. 부부싸움은 큰 것을 놓고 싸우는 것이 아니었다. 아이들 문제로 싸운 일은 거의 없었다. 부모문제 아니면, 경제문제 그리고 상반된 의견 충돌로 싸운 날이 많았다. 그렇게 천둥 치고 바람 불다가도 언제 그랬냐는 듯 맑은 햇살을 맞곤 했던 지난날들도 이제는 세월의 뒤안길에 곤히 잠들고 있다.

푸르디푸른 부부 소나무, 지나가는 바람도 안아주고, 흐르는 구름도 품어 주던 노송을 뒤로하고 상효원 길을 조용히 빠져나왔다.

시간의 흐름도 멈춰 선 듯, 사람 발길도 뜸한 길 위로 하얀 가을의 햇살만 무심히 쏟아져 내리고 있었다.

초록이 물드는 나무

우리 집 마당에 얼마 동안 나와 함께했던 대추나무가 있었다.

언제부터인가 시름시름 앓더니 한 해를 버티지 못하고 삶이 무너지고 말았다. 생을 묻어둔 터전을 버리고 떠나간 이유를 아무리 살펴보아도 알 길이 없었다. 모르긴 해도 예전에 쓰레기를 모아두던 곳이라 토양이 오염된 것 외에는 다른 이유는 없다. 알 수 없는 이유로 생을 반납한 것이다.

초록이 환희와 기쁨이라면 검정은 우울과 슬픔의 빛깔에 비유된다. 초록이 낮이라면 검정은 밤이다. 초록이 살아있음을 증명하는 것이라면, 검정은 죽음을 뜻한다. 청탁을 거부하는 초록의 마음, 뒷거래의 검은 손, 초록과 검정 사이의 색도의 괴리가 너무나 크다.

봄이면 소박하게 돋아나는 초록 잎, 그 사이로 하얀 꽃을 피운다. 무성한 잎 속에서 한여름을 보내고 나면, 왕방울 사탕만 한 대추가 얼굴을 내민다. 이때부터 가을은 시작된다. 단풍든 사이로 대롱대롱 매달려 있는 대추를 보노라면 산허리 안은 구름처럼 마음도 풍성해진다. 색깔이 있는 곳에 마음이 있는 것처럼, 생명이 있는 곳에 빛깔이 있었다.

푸른 잎에서 빨간 사랑의 열매를 탄생시켜놓았다. 잎은 파란데, 어찌 열매는 빨간 색깔로 익어가는 것일까. 아마 그것은 불가의 가르침대로 다음 세상의 본유本有에서는 더 파란 빛을 지탱하라는 마지막 투혼의 열정이자 사랑의 증표이다.

다음 해 봄에는 초록의 떠난 자리를 그대로 둘 수 없어 산초나무를 심었다. 봄이 되자 새움이 돋아났다. 잎을 뜯어내어 냄새를 맡아 보았다. 초록 잎에 묻어나는 향기가 짙게 다가서는 것이었다. 알고 보니 산초나무가 아니라 조피나무였다. 외형상으로는 엇비슷한 운향과의 낙엽 교목이다. 가시 돋친 것까지 비슷해서 구별이 잘 안 되었다. 사실 산초는 가시가 서로 엇갈려 나지만, 조피나무는 마주보며 돋아나 대칭을 이룬다는 것을 미처 몰랐다.

조피나무는 천초, 대초, 남초 등 이름이 많지만 우리는 제피나무라고 부른다. 봄 향기로는 이보다 더 진한 향은 없을 듯하다. 자리물회와 조피, 그렇게 궁합이 맞을 수가 없다. 여름이 가까울수록 점점 잎은 진녹색으로 짙어지고, 이때부터 잎이 굳어져 향료의 진가도 차츰 잃게 된다.

빨간 열매가 익어가던 자리에 이제는 검붉은 열매가 맺혔다. 녹두알보다 조금 작은 까만빛이 묻어나는 열매가 가을을 영글게 한다. 열매를 따서 말리면 껍질 속에 감추어 두었던 검붉은 알맹이가 그렇게 고울 수가 없다. 검은 빛 속에 붉은 빛이 안겨 있는 색의 조화가 더 검기를 거부하고 있다. 거기에다 윤기마저 흐른다.

열매를 입에 넣고 씹으면 혀가 아리할 만큼 진한 향이 묻어난다. 열매를 갈아 두었다가 매운탕이나 육개장에 넣어 먹으면 그 맛이 일품이다. 겨울 속의 봄 향기가 입안에 되살아난다.

봄이 오면 초록이 물드는 나무들이지만, 대추나무는 가을을 알리고, 조피나무는 봄을 장식한다. 초록의 잎에서 하나는 빨강으로, 또 하나는 검붉은 빛깔로 익어간다. 두 빛깔 사이에 어떤 상관관계가 있는지는 모르나 빨강은 물러난 계절의 뒷모습이고, 초록은 봄을 기다리는 감미로운 때깔이다.

대추나무가 떠나 간 자리에 조피나무가 들어선 지도 어언 10년이 되었다. 떠난 사랑을 추억하듯, 가을이면 가끔 생각나는 것은 대추를 먹고 싶어서가 아니라 앙증맞게 영글어 가는 가을의 서정 때문이다.

이제는 빨간 열매의 유혹보다는 입맛을 즐기는 봄의 향기에 취한다. 그리고 보면, 멀어져 간 지난날의 사랑보다, 지금의 사랑에 매혹되는 것은 인지상정이 아니겠는가.

산 너머에는

산 너머
너머에는
내가 살아온
지난날이 있다.
그리움이 묻어나는
세월의 그림자가 있다.
초어스름 반딧불이 잡아
호박꽃초롱을 만들어 놓고서
정말 글자가 보이나 비춰 보던
어린 시절 그때가 아련히 떠오른다.
초가지붕 위에 배꼽 드러낸 가을빛 호박
저녁연기 굴뚝대 위로 번져나는 누룽지 냄새,
어머니의 노동복인 갈적삼에 묻어나는 흙냄새도
멀어질수록 물레방아처럼 자꾸만 맴돌고 감돌아든다.

우리 집 울타리는 동백나무 담장 뒤로 대나무 숲이 있었다.

조용한 바람이 불어오면 바람과 댓잎은 작은 파돗소리를 만들고 거센 바람이 찾아들면 노도처럼 격랑의 파돗소리가 되어 밀려온다.

대나무와 바람과 달빛이 어우러진 밤이면 댓잎 소리는 자장가 되곤 했다.

제아무리 생각의 회로를 차단해도 멀어져 간 추억들이 소리 없이 찾아와서 자꾸만 물소리 친다. 주홍빛 물소리를, 돌아갈 수 없는 뭉게구름만 가슴에 머문다.

아침에 일어나 창문을 열었다. 밖에는 철 잃은 눈발이 휘날리고 있다. 오늘은 아무런 생각 없이 자리에 누워 아침을 버티기로 했다. 이불을 턱밑까지 끌어올리고 무위無爲의 시간을 갖기로 했다. 아무런 생각 없이 나만의 시간을 갖는 것처럼 편안한 일은 없을 듯했다. 어느 누구도 간섭하지 않는 조용한 아침이다. 그런데 난데없이 밖에서 새소리가 들린다. 가만히 들어보니 직박구리 소리였다. 보통 봄에는 산에서 살다가 여름이 나서야 찾아오더니, 오늘은 아침부터 웬일이람. 새소리가 가까이 들릴수록 어릴 적 고향 생각이 떠오른다. 그만 무위의 시간이 깨어지고 말았다.

고향, 말만 들어도 정감이 묻어나는 영혼의 안식처이다. 이제는 고향을 찾아도 옛 고향이 아님을 점점 실감한다. 세월의 물결 위로 낡은 기억만 두텁게 쌓여갈 뿐, 옛 모습은 간데없다. 부모님이 살아계시는 곳이 고향임을 실감해 본다. 반가이 맞아줄 사람도, 기다리는 사람도 없는 곳, 그곳은 이미 추억의 고향일 뿐, 현실의 고향이 아니었다.

어느 날 고향을 찾았다. 내 머릿속에 남아있는 고향은 간데없다. 어릴 적 뛰놀던 올레길은 신작대로로 변했고, 옛집이 있던 자리에는 5층짜리 아파트군상들이 즐비하게 늘어서 있었다. 추억이 살아 있는 곳이라고는 하나도 없다. 우리 집 가까이에 종제 집 외에는 모두 새로운 건물이 들어섰다. 이제는 고향을 찾아도 나는 이방인이 된다. 반가이 맞아줄 사람들도 떠나고, 낯선 사람만 오갈뿐이다. 그나마 나에게 위안을 주는 것은 아버지께서 어릴 때 심어 놓은 세 그루의 소나무가 이제는 노송이 되어 길거리를 지켜주고 있을 뿐이었다.

무위의 시간을 가지려든 나에게 직박구리는 지난날 추억을 슬며시 내밀고는 어디론가 날아가 버렸다. 마당 안은 서곡으로 끝나 버린 공연장이 되었다.

떠오르는 생각의 회로를 멈추고 혼자서 무위의 시간을 갖는다는 것도

말처럼 쉬운 일이 아니라, 새로운 인식의 문제로 다가서는 것이었다.

조용한 한밤중에 나를 깨닫는 사람처럼 이아침에 나를 찾는다.
내가 어떻게 인식하느냐에 따라 삶을 관조할 마음의 여유도
조용한 마음으로 지난날의 마음에 실상을 비추어보는 것도
아침이라는 시공을 통해 추억의 날들을 더듬어 보았다.
추위는 싫었어도 눈은 무척이나 좋아 했던 어린 시절
춤추듯 살며시 내리는 눈을 보면 한없이 즐거웠다.
시간의 궤적 따라 하얀 눈송이가 내리는 날에는
흰빛 언어가 되어 마음도 어쩐지 안온해진다.
눈은 언제 보아도 서정의 날개를 지니고
두고두고 온 지난날들을 곱씹게 한다.
잊었던 뒤안길에 묻어둔 눈송이가
오늘 마당 안에 찾아들었다.
산 너머 너머에 살았던
새하얀 눈송이가.

분재

    세월을 머금고 온갖 풍상을 겪어온 소나무의 멋을 보려고 옹색한 화분에 나무를 심는다. 그것도 모자라 세월의 흔적을 단축시키려고 쇠사슬로 가지를 비틀어 묶어 놓고, 내 손끝에 멈춰선 용틀임의 멋을 보기 위해 분재를 만든다.

    어느 날 산행길에 바위틈에 자라난 소나무 한 그루를 발견했다. 분재를 만들면 좋겠다 싶어 뿌리가 상하지 않게 조심스레 파다가 마당 구석에 심어 놓았다. 다음 해 봄이 되자 화분에 옮겨놓고는 철사로 가지를 옭아매고, 2, 3년을 두었더니 용틀임한 모습이 제법 분재의 모양을 갖추어 갔다.

    사람들은 남의 고통을 즐기는 속성이 있는지, 권투나 레슬링, 격투기와 같이 어느 한쪽이 피 터지고 쓰러져야 환호한다. 미미한 판정승에는 흥미를 잃는다. 혈투를 보면서 쾌재를 부르는 것은 인간의 내면에 잔혹한 짐승의 발톱이 도사리고 있다는 증거인지도 모른다.

각기 사람마다 취미가 다양해서 분재를 즐기는 사람, 수석에 심취해 있는 사람, 낚시를 좋아하는 사람들이 있다. 분재를 가꾼다는 것은 산이나 들에 나서지 않아도, 집 안에서 작은 자연을 음미하고 사랑할 수 있으니 얼마나 좋은가. 하지만 바위틈에 자라난 소나무나, 갯바위 기암괴석은 모두 정 끝에 사라진 모습을 보노라면 어쩐지 가슴이 무거워질 때가 있다.

우리 집 마당에 여섯 그루의 소나무도 그중 하나이다. 아기자기한 분재에서 자연의 서정을 찾는다. 그리고 용트림한 모습에서 분재의 멋을 느낀다. 더 멋진 소나무의 자태를 보려고 가지마다 쇠줄로 비틀어 묶은 분재 하나가 핏기 잃은 모습을 하고 있는 것이 아닌가. 너무 심하게 옭아매었나 싶어 쇠줄을 풀어주었다. 어떤 가지는 움푹 패어 살점이 드러난 것도 있다. 고통의 신음 소리를 간과해 버린 소치이다.

사람도 똑같은 일을 당해도 스트레스를 많이 받는 사람이 있는가 하면, 적게 받는 사람이 있는 것처럼, 이 소나무도 다른 것들보다 심한 스트레스를 받았는지 초췌한 모습을 드러내었다.

화분을 햇볕이 잘 드는 장독대 옆으로 옮겨 놓았다. 때론 막걸리도 주고, 효소를 희석시켜 뿌려주기도 했다. 하지만 내 정성이 모자란 탓인지 아무런 반응을 보이지 않는다. 어쩌면 종명終命의 수순을 밟는 것인지, 아니면 회생을 위한 몸부림인지 분간이 서지 않았다.

어느 날 눈이 많이 내렸다. 아침에 일어나 마당에 나서자 시선이 먼저 가는 곳이 장독대 옆이었다. 눈 속에서도 생명줄을 놓을 수 없다는 절박한 심경을 드러내듯, 초록빛 솔잎이 머리를 내밀고 있었다. 하얀 눈과 가냘픈 초록빛, 아직은 희망을 잃지 않고 있다는 신호처럼 보였다. 찬바람이 몰아치는 겨울을 보내고 새봄이 오거든 짧은 머리카락 같은 초록빛 솔잎이 돋아나기를 기대해 보는 것이다. 유독 이 분재에 관심을 쏟는 것은, 여섯 그루 소나무 중 그 모양새가 세한도의 멋을 지니고 있기 때문이다.

봄이 성큼 다가왔다. 하지만 용틀임한 가지에선 새움이 돋아나기는커녕, 혈맥의 가지 끝에서부터 살아갈 이유를 부정한 분노가 적갈색으로 변해갔다.

나의 기대는 용납되지 않는 시간 앞에 바람처럼 스쳐 간 생명이 되고 말았다. 죽은 소나무를 들어내고는 빈 화분을 나무 밑에 두었다. 화분을 두었다는 사실도 잊어버리고 1년이 지났다. 하루는 무심코 화분을 보니, 새 생명이 찾아와 자라고 있는 것이 아닌가. 역시 흙은 생명의 잉태를 멈추지 않았다. 화분 속을 들여다보니 먼나무의 싹이었다. 뿌리가 상하지 않게 들어내어 다른 화분에 옮겨 심었다.

한 3년이 지났다. 다른 데로 옮겨 심어야 할 터인데 마땅한 자리가 없었다. '그래, 가로수를 심었다가 죽어버린 그 자리에 심기로 하자. 이 동네에 살다가 내가 떠난 후에도 징표처럼 가로수는 남았을 테니까.' 이렇게 생각하고는 봄이 되자 네 그루를 심었다. 한 그루가 없어지고, 세 그루는 잘 자라고 있는 모습에서 시간은 멈춰 서지 않음을 본다.

모든 인연이 그러하듯이, 소나무 분재가 아니었으면 먼나무도, 가로수를 심을 생각도 나지 않았겠지. '한 생명이 사라지면 또 다른 생명으로 태어난다.'는 불가의 윤회輪廻를 생각해 보는 것이다.

나무와 궁합

우리 집 앞마당에 정원수 몇 그루가 있다.

원래 내가 키운 나무가 아니라 조경원에서 구입해 심었다. 심을 때는 담장위로 목을 내밀 정도이던 것이, 이제는 제법 울타리 역할을 해주고 있다.

처음에는 현관 앞쪽으로 동백나무, 감나무, 구상나무를 심었고, 울타리 모퉁이엔 대추나무를 심었다. 10년이 지나자 제법 그늘이 되어주곤 했다. 여름날 매미가 울고, 겨울에 새들이 찾아드는 나무로 성장해 갔다. 그런데 동백나무를 제외하고는 모두 떠나고 말았다. 지금은 향나무, 먼나무, 동백나무와 조피나무가 울타리 전부이다. 떠나간 나무 중에서 가을이면 문득 생각나는 나무가 있다. 감나무와 대추나무이다.

대추나무는 가을이면 왕사탕만 한 대추가 가을 햇살에 익어가는 모습에서 가을이 익어가고 있음을 느끼곤 했다. 작년에는 왕대추가 어찌나 많이 달렸는지, 가지가 길 너머로 휘청거렸다. 지나

가는 사람들이 "대추 참 많이 달렸다."며 하나둘씩 따 먹더니, 가을이 다되어서는 빈 가지만 길거리로 덜렁이는 것이었다.

올해에도 작년처럼 대추가 많이 달리기를 기대했는데, 봄순부터 어쩐지 이상하게 돋아났다. 새잎을 잡아당겨 들여다보니, 꽃망울은 하나도 없고 잎들이 뭉쳐 돋아나 있었다. 마치 시골 아낙의 파마머리처럼 뒤틀리어 있었다. 장애를 안고 태어난 것이다. 궁여지책으로 가지를 자르면 '고운 새순이 돋아나겠지.' 하고 큰 가지만 두고 모두 잘라내었다. 여름이 돼서야 여린 잎 몇 개 돋아나고는, 빈 가을을 보내는 것이 아닌가. 다음 해 봄을 기다렸으나, 회생하지 못하고 그만 떠나고 말았다.

생을 포기해야 할 만큼 중병인데도, 가을만 기다리는 나를 보며 원망의 시선도 많았겠지. 더 이상은 견딜 수 없다는 고통의 외침도 그저 바람 소리로만 스쳐 갔다. 미루어 생각건대 아마도 집을 지을 때 휘발성 퇴적물을 버리던 곳이라는 걸 까맣게 잊고 나무를 심은 나의 무지한 소치所致가 빚어낸 결과였다.

궁합은 인간에게만 있는 것이 아니라, 자연에게도 있는 모양이다. 대추나무도 나를 만나지 않았으면, 어느 농장 한곳에서 왕대추가 주렁주렁 매달려 있다가, 어느 봄날 폐백자리에서 아들 딸 많이 낳으라고 던져주는 시어머니 덕담을 받는 대추가 되었을 것을….

현관 앞마당에 심어놓은 감나무는 고부간의 갈등처럼, 아내와 감나무 사이에 이반이 점점 심해져 갔다. 처음 관상용 감나무를 심을 때는 '눈 덮인 겨울날, 허기진 새들의 밥이 되어 주는 감나무, 얼마나 낭만 적이냐'며 심자고 해놓고는, 이제와선 언제 그랬느냐는 듯, 베어내자고 한다. 미운 며느리를 내쫓는 시어머니 심보를 그대로 드러낸 것이다. 그런 갈등이 시작되고도 1년을 버티었다.

지난겨울에도 아내의 말대로 풍성한 열매로 겨울의 서정을 안겨다 주곤 했다. 그런데도 아내의 마음은 흔들리지 않았다. 앞마당에 감나무를 심으면 집안이 안 좋다는 말을 어디서 듣고는, 나를 부추기는 것이었다. 마치 '이 며느리하고 같이 살면 집안에 화를 당하겠다.'는, 점을 보고 온 시어머니로 돌변한 것이다. 끝내는 내 마음을 이끌어내었다.

감나무는 대추나무와는 정반대였다. 성실히 살아가는 며느리를 내쫓은 격이 되었으니까. 마지막 떠나는 날도, 시아버지는 지금까지 살아온 세월을 잊었는지, 아무 생각 없이 무작정 톱날을 들이대었고, 시어머니는 떠난 자리마저 뒤돌아보지 말라고 소금을 뿌려대었다.

이렇게 떠나간 두 자리엔 먼나무와 초피나무를 심었다. 심은 지 어제 같은데, 벌써 10년이 넘어섰다. 대추나무가 있던 자리에 심은 조피나무는 이른 봄 밥상머리를 장식해준다. 봄날 입맛을 찾기에 제격이다. 더욱이 자리물회와 조피, 그렇게 궁합이 맞을 수가 없다. 언제 맡아 보아도 먼 옛날 같은 추억의 향기가 묻어난다.

떠나간 감나무자리에 심은 먼나무도 빨간 열매를 달고 한겨울이 되면 새들을 불러들이곤 한다. 떠난 자리엔 허허로움만 남는게 아니라, 새로 들어온 나무들이 계절을 알리고, 마당 안 풍경을 만들어 낸다. 그 속에 세월의 스치는 소리를 듣고, 그리고 마음의 위안을 받는다.

내 안에 지나온 삶의 문양을 더듬는 날엔, 가을에 떠난 사람 그려 보듯, 두 그루의 나무도 함께 자리를 한다.

늙은 사과

완성으로 간다는 것은 곧 완숙이고 완숙은 늙음이라 했던가.

누구나 완숙은 바라지만 늙음은 원치 않는다. 산다는 것과 생활한다는 것이 뉘앙스가 다르듯, 두 개의 명제를 한꺼번에 수용한다는 것은 매우 어려운 일이다.

과일도 미숙의 탈을 벗어야 그 진가를 맛볼 수 있듯이, 세월을 끌어안은 늙음이 아니라 빨갛게 익은 사과처럼 완숙을 위한 노을이기를 은근히 기대해 보는 것이다.

막내 지인으로부터 보내온 사과 한 상자를 받았다. 포장을 여는 순간 코끝에 다가서는 사과 내음, 가을의 향기가 한꺼번에 쏟아져 나온다. 그중에서 제일 큰 것을 꺼내어 껍질을 벗겼다. 겉은 초록이 물들어 붉게 타는데 속은 초록빛 젊음이 남아 있다. 한입 가득 깨물었다. 달콤한 진물이 입안에 가득 달무리 짓는다. 겉은 늙음으로 가고 있지만 아직도 청춘이기를 바라는 속내를 드러낸다. 달콤하면서도 젊음의 반항처럼 새큼한 맛도 함께 묻어난다. 마치 내

속마음을 들여다보는 것처럼, 겉으로 늙음을 잊어버리고 젊음을 추억하는 모습이다.

얼마 동안 두었던 사과 상자를 치우다 보니 먹다 남은 사과 두 개가 있었다. 한두 달여를 버텨온 터이다. '아뿔싸, 이렇게 놓아두다니.' 사과를 꺼내어 쟁반 위에 올려놓았다. 하나는 청청한 붉은 빛을 간직하고 있지만, 다른 한 개는 마치 오랜만에 만난 옆집 할머니 얼굴처럼 늙음이 찾아와 있었다. 진홍빛에는 어둠이 서려 있고, 저승꽃이라고 하는 검버섯도 여기저기 묻어났다.

사과의 껍질을 깎아내고 한 입 깨물었다. 시간을 물들인 완숙의 끝자락, 젊은 날의 싱그럽던 신맛은 그 어디에도 없었다. 혀끝에 묻어나는 달콤한 맛도 예전과 달랐다. 어딘지 모르게 노인의 체취 같은 군내도 묻어난다.

신맛을 점점 잃어가는 초록의 발현發現, 그것은 완숙을 위한 숙련의 시간이었다. 누구나 거역할 수없는 자연의 순리에 순응해 왔노라고 토설吐說 하듯이 시간의 무게를 드러내 보였다.

다른 한 개도 맛을 보았다. 새콤한 맛은 예전 같지 않지만, 단맛은 아직도 살아 있었다. 동일한 조건과 환경이 같다고 해서 완숙의 결과도 같지 않았다. 사람마다 늙음이 다른 것처럼….

나도 모르게 내안을 노크 할 때가 있다. 신맛을 느끼고 싶어서이다. 비록 겉은 무말랭이지만, 속은 청청한 무이고 싶은 마음에서이다. 속내를 들여다보면 볼수록, 젊음에 대한 미망(未忘)은 사과 맛처럼 느껴질 때가 있다. 그만치 젊음이 멀어져 가고 있다는 증거이다.

요즘 나에게 찾아드는 무게는 외형적 늙음이 아니라, 기억의 무게가 점점 무겁게 다가섬을 느낀다. 얼굴은 또렷이 영상처럼 떠오르지만, 이름은 좀처럼 생각나지 않을 때가 있다. '이름이 뭐더라' 산속에서 길 잃은 사람처럼 한참을 헤매다가 겨우 생각이 날 때면, 컴퓨터 자판을 두드리는 손끝마저도 어줍다.

완숙의 길에서 시간의 괴리를 무엇으로 감당할 것인가. 어찌 보면 더 진지한 삶을 바라면 바랄수록, 지나온 삶을 뒤돌아보면 볼수록, 공허한 마음이 깊어질 때가 있다. 마음의 공허, 이 또한 완숙을 위한 길이 아니겠는가.

'늙어가는 사람만큼 인생을 사랑하는 사람은 없다.'는 말처럼 사과의 맛에서 인생의 깊이를 더듬어 보는 것이다.

매운 세월의 흔적

겨울 찬바람을 가르며 버스가 달린다.

오랜만에 참석해 보는 문학기행, 그것도 일제강점기 수탈의 현장을 찾아 나섰다. 군산으로 들어서는 길 양쪽으로 늘어선 벚꽃나무 사이로 겨울바람 가르며 버스가 신작대로를 달린다. 차창 너머로 다가서는 그다지 높지 않는 산들이 눈 속에 잠들어 있다. 군산群山은 역시 이름처럼 산들이 무리지어 있었다.

시내에 들어서자 기와지붕이 풍상의 세월을 이겨내지 못하고 널브러져 있는 집들은 대개 일제 때 지어진 집들이었다. 예전에는 항구가 있는 곳은 어디를 가나 일본식 건물이 많이 남아 있지만 노후 되고 철거되어 우리 곁에서 멀어져 갔다. 하지만 군산은 달랐다. 인고의 세월을 내비친 역사의 얼굴들은 낯선 겨울을 맞는 것처럼 다가서는 것이었다.

우리 일행을 태운 버스는 군산 최후의 일본인 농장에 도착했다. 군산에는 여러 농장주가 있지만 그중에서 대표적인 인물이 시마

타니 농장이라 했다. 농장 건조장으로 이용하던 곳에 지어진 발산 초등학교 옆길을 돌아 뒤편에 이르렀다. 농장주가 정원을 꾸미기 위해 모아 두었던 각가지 석조물들이 한눈에 들어온다. 특히 눈에 띄는 것은 사찰에나 있을 법한 5층짜리 석탑이 느티나무를 등지고 서 있었다. 완주군 봉림사에 있던 것을 이곳에 옮겨다 놓은 것이라 했다. 강제로 묶여 온 것들은 탑만이 아니라 석등을 비롯해서 심지어는 죽은 자의 유골을 안치한 부도浮屠까지 정원을 꾸몄다. 이런 것을 두고 문화의 차이라고 해야 할지, 피의 근성이라 할지 분간이 서지 않았다. 아마도 생체실험도 마다 않은 그들이고 보면 이것쯤은 평범한 일인지 모른다. 사람만 징용으로 끌고 간 것이 아니라 수많은 문화재도 절도되고 수탈되어 군산항을 떠나갔다. 마치 지난날 인고의 세월을 내비친 거울 앞에 선 역사의 얼굴을 새롭게 들여다보는 듯했다.

키 큰 느티나무를 돌아 외벽이 견고하게 지어진 건물 뒤편으로 돌아섰다. 건물에 매력을 느껴서가 아니라 견고하게 지어진 외벽이 다른 건물과는 달랐기 때문이다. 보물급 문화재나 현금을 보관하던 금고였다. 건물 뒤 모퉁이를 돌아섰을 때 내 시선을 끄는 것이 있었다. 동판에 새겨진 글자를 한참 동안 보았다. 거기에는 "대한민국 근대 건축물"이라고 새겨진 문구와 그 아래로 "문화재청 ○○호"라고 새겨진 글자를 보며 속으로 중얼거렸다. '과연 이 건물이 대한민국 근대 건축물일까?!'하고 몇 번이고 뇌까려 보았다.

곱씹으면 곱씹을수록 '그게 아닌데…' 하는 의구심이 증폭되는 것이었다. 아마 일본 사람들이, 특히 사마타니 후손들은 "일본 강점기 건축물"이라 하지 않고 "대한민국 근대 건축물"이라는 표식을 보면서 가슴 뿌듯할 일을 생각하니 우리의 정체성을 잃어버린 것 같은 마음이 어줍지 않게 했다.

집으로 돌아와서도 표식의 문구가 뇌리를 떠나지 않아 관련 부서에 전화를 걸었다. 내가 생각하고 느낀 점을 이야기했다. 나의 이야기를 중간에 차단하지 않고 하나하나 이야기를 들으면서 공감하는 어투로 친절한 대화가 한참 이루어졌다. 대개 행정부서에 전화를 걸면 자기 답변에 급급한데 전화 받는 분은 몸에 밴 듯 "잘 알겠다."며 "그것과 다른 것들도 검토 중에 있다."는 말과 "관심을 갖고 전화 주어 고맙다."는 인사도 잊지 않았다. 이분과의 대화만이 아니라 막걸리촌의 푸짐한 안주와 친절한 안내에 나의 고정관념이 한순간에 무너져 버렸다. 된장국 같은 구수한 인정미와 토속적 음식 맛은 나의 마음이 전주에 빠져들기에 충분했다.

군산처럼 일본식 건축물이 많이 남아 있는 곳도 드물다. 허물어버리는 것만이 능사가 아님을 새삼 보여주는 곳이었다. 숱한 역경도 말없이 묻어야 했던 군산의 이력서. 어둠이 내려앉은 역사의 뒤편에는 빈 고요가 알몸으로 누워 있고, 설움의 누명을 써도 마음속에 파묻어야 했던 세월의 덩어리들을 만나 보았다.

찬란한 문화도 그 국가의 역사이고 비극이 남겨 놓은 문화도 한 나라의 역사이다. '역사는 배우는 것이 아니라 살아가는 것'임을 실감 해 보았다. 어쩌면 우리는 매운 역사의 흔적을 만지며 살아가고 있는 지도 모른다.

허물어 버리고 없애는 것보다, 지켜 보존하는 역사의 실체를 보여주는 곳, 작은 산이 모여 있는 군산에는 수탈의 역사가 산처럼 쌓여 있었다. 과거의 부서진 생명들이 현재를 만들고, 현재의 목마름은 미래의 숨결로 다가서는 군산, 시리고 매운 역사를 산 교육장으로 다시 태어나는 군산 문학기행은 더없는 나의 문학 수업이었다.

오는 봄, 가는 가을

계절이 흔들릴 때마다 봄은 오고 가을이 간다.

4계절을 가만히 들여다보노라면 봄은 들에서 오고, 여름은 바다에서, 가을은 산에서, 겨울은 하늘에서 온다.

그만치 계절이 주는 감미로움은 우리들의 감성을 일깨운다.

봄 처녀, 가을 나그네. 봄은 처녀의 손길로 살며시 찾아들고, 가을은 나그네의 빈손으로 훌훌 떠나간다.

봄 하면 생각나는 것이 냉이와 달래다.

봄 감기로 입맛을 잃을 때면 달래국으로 입맛을 찾던 일이 생각이 난다. 미역에 달래를 숭숭 썰어 국을 끓여주시던 어머니는 세상을 떠난 지 오래지만, 구수한 맛으로 밥상머리를 장식해 주던 봄의 전령사, 지금도 달래국속에서 어머니의 손맛을 찾는다.

가을 하면 홍시가 떠오르고, 홍시 하면 할머니가 생각난다.

뒤뜰에서 따온 홍시를 광 속에 두었다가 가을이 떠난 후 건네준 홍시에는 검버섯이 여기저기 생겨나고 쭈글쭈글한 주름진 껍질은 할머니 얼굴 그대로였다. 지금도 홍시를 먹을 때면 할머니 얼굴이 떠오르고 달콤한 맛에서 할머니의 인정미를 더듬는다.

　봄은 오고, 가을이 간다.
　앞마당에서 봄을 만난 것이 엊그제인데, 벌써 떠나는 계절이 뒷마당에 서 있다. 어쩐지 무겁게 다가온다. 떠나는 계절이 아쉬워서가 아니라 바위보다 더 무겁게 다가서는 세월의 무게가 나를 압도하기 때문이다. 세월무상, 인생무상 바위에 금이 가는 아픔을 들여다본다.

제2부

잠들지 않는 영혼

빈 항아리
마음의 꽃
잠들지 않는 영혼
스트레스의 선택권
연꽃과 나비
금연 일기
박쥐의 우화
환상의 섬, 환장의 섬
여행의 묘미

빈 항아리

항아리에 물이 가득 차 있다.

일 년 내내 먹고 난 된장항아리다. 물을 비워내고 장독대로 옮겨 달라는 아내의 말에 항아리를 옮기려다 물속을 들여다본다. 내 얼굴이 비춰진 주위로 내려선 가을 하늘, 한가로이 조각구름도 떠간다. 좁디좁은 항아리의 여백에서 지난날의 그리움 같은 여유로움도 묻어난다.

빈 항아리, 어머니의 가슴으로 다가선다. 우리 여섯 남매가 파먹은 어머니의 가슴처럼 이제는 텅 비어 있다. 항아리 속에 묻어나던 된장 맛보다 더 구수한 어머니의 내음이 묻어난다. 아무리 나이가 들어도 어머니라는 세 마디는 언제나 가슴을 뭉클하게 한다. 그것은 어머니 가슴을 파먹고 살아 온 지난날 추억이 여운으로 남아 있기 때문이다.

텅 빈 항아리처럼 기꺼이 가슴을 내어주시던 어머니, 세상을 떠난 지도 어느새 10년이 넘었다. '살아 계실 때 좀 더 정성스레 보살펴 드릴 걸' 하는 아쉬움이 항아리 속을 스쳐 가는 하늘처럼 다가온다. 그리고 지나간다.

어머니는 치매로 2년 가까이 버티다가 돌아가셨다. 처음에는 누가 집에 찾아오면 하소연하듯 자식 흉보기가 일쑤였다. 자식 흉보는 것을 저렇게 즐기실까. 한편으로는 섭섭한 마음이 들기도 했다. 때로는 '이제는 자식 흉 그만 보시라.'고 종용도 해 보지만 그때뿐이었다. 그것이 치매인 줄 미처 몰랐다. 제정신으로 돌아온 시간이 점점 짧아지면서 차츰 사람을 알아보지 못해 갔다. 딸들이 찾아와도 가고 나면 '아까 온 사람 누구냐?'며 묻는가 하면, '오늘은 하루 종일 밥을 먹지 않았다.'는 등, 현실을 잃어가는 어머니 모습은 점점 안타까움으로 접어들었다.

내가 어데 갔다 오면 광 속에 이불을 옮겨 놓고는 폭도가 우리를 죽이려오니 어서 숨으라는 것이다. 4·3의 기억들이 생각의 전부였다. 때로는 새색시 때 아버지를 연상함인지 '남부끄럽게 이렇게 가까이 앉느냐'며 밀쳐 내기도 한다. 정신 줄 놓은 삶은 삶이 아니었다. 숨을 쉰다는 것 외에는 존재의 가치마저 잃어버린 삶이 지속되어 갔다. 누가 죽었다는 말을 들으면 조금 더 살지 왜 죽어, 죽음의 개념조차도 잃어버린 모습을 보노라면 가슴 한구석이 비어나는 느낌이 들곤 했다. 이럴 때마다 '이런 삶이 언제면 끝날까' 하는 섬 뜻한 생각이 실타래 엉키듯 뇌리를 어지럽혔다.

어머니 장사를 끝낸 며칠 동안은 치매 하는 사람처럼 멍하니 앉아 있기 일쑤였다. 한꺼번에 밀어닥친 허전함인지, 효를 가장한 위선을 반추함인지 분간이 서지 않는 날들, 기다림의 시간이 아니라 오히려 가슴을 옥죄는 시간이었다.

항아리 속 하늘의 여백에서 지난날을 건져내는 시간의 발걸음 소리, 회억의 강물 소리를 듣는다. 빈 항아리와 어머니, 어쩌면 그리 닮았는지 모른다. 속내를 다 비워내고도 아직도 줄 것이 남았는지 작은 하늘을 품고 있다.

된장의 구수한 맛을 품고 있던 항아리, 누구를 위해 비우고 비워낸 빈 항아리가 되었는지. 이제는 정지된 시간으로 가득 채워져 있다. 과거와 현재가 공존하는 항아리 속, 놀러 나온 가을 하늘이 참으로 여유롭다. 더없이 한가하다. 그리고 포근하다.

어머니 가슴처럼….

마음의 꽃

'누군가 남이 나를 보고 있다.'는 내면의 소리가 있다. 남이 들을 수는 없는 나만의 소리, 과연 그 소리란 어떤 소리일까.

봄이 오기 전에 피어나는 복수초가 더 아름답게 보이는 것은, 얼어붙은 겨울의 얼음장을 깨고 꽃망울을 터뜨리기 때문이다. 한겨울 같은 세상의 인심도, 어느 구석엔가 따스하게 피어나는 아름다운 인정의 꽃이 있기에 살맛나는 세상이 아닌가 싶다.

어느 늦은 봄, 막내 집에 가기 위해 대전 복합터미널에 내렸다. 새로 단장한 복합터미널은 예전과는 다른 모습이다. 양쪽으로 늘어선 택시 승차 대 앞에서 택시를 탔다. 도안동으로 달리는 차창 너머 다가서는 건물 사이로 봄단장을 하고 있는 가로수들. 신록을 자랑하는 이파리는 제주보다 먼저 찾아왔는지, 푸른 잎새가 더없이 싱그럽다. 창밖을 보던 시선이 무심결에 기사 이름을 보았다. 풍물의 고수, 김덕수와 같은 이름이다.

도솔터널을 지나 어느새 도안동에 도착했다. 택시에서 내려 아파트 앞에 이르렀을 때, 아내의 손에 들어 있어야 할 작은 가방이 보이지 않았다.

"가방 어쨌어?" 하고 묻자 아내는 깜짝 놀라며 "아, 차에 두고 내렸네." 하는 말이 떨어지자 세차게 아파트 후문으로 달려갔다. 택시는 이미 떠나간 후였다.

평소 같으면 화를 버럭 내었을 터인데 그날따라 느긋한 사람처럼 "집에 들어가서 생각해 보자."며 아파트 안으로 들어갔다. 택시 번호도, 개인택시인지, 회사택시인지도 모르는 판에 가방을 찾는다는 것은 매우 난감한 일이었다. 이때 얼른 떠오르는 것이 있었다. '풍물의 고수와 같은 이름이었지.'

택시기사 이름은 알 수 있으니, '찾을 수 있지 않겠나.' 하는 막연한 기대감으로 114에 전화를 걸어 우선 개인택시 조합의 전화번호를 알아내었다. 택시조합으로 전화를 걸어 자초지종을 이야기했더니, 김덕수라는 이름이 세 사람 있다며, 전화로 확인해 보고 연락해 준다는 것이었다.

잠시 후 전화가 걸려왔다. 도안동에 갔던 택시기사는 찾았는데 가방이 없다는 것이다. 기사에게 직접 확인해 보라며, 친절하게 휴대폰 번호를 알려 주었다. 기사에게 전화를 걸었다. 뒷좌석에는 가방이 없다고 했다. 뒷좌석 밑에 두었다는 말에, 확인해 보고는 "여기 있어요. 지금 손님이 내렸던 곳으로 갈게요."라는 음성이 그리도 반가울 수가 없었다.

아파트 후문으로 달려갔다. 조금 있자 택시가 도착했다. 가방을 넘겨주며 "어떻게 내 이름을 알았느냐?"며 싱긋이 웃는다. 고맙다며 택시비 2만 원을 건네주었다. 가까운 곳에서 왔다며 만 원은 거슬러 주고는 떠나갔다. 가방을 찾아준 것도 고마운 일인데, 건네준 돈마저 거슬러주는 그 마음씨가 더없이 고마웠다.

가방을 들고 집으로 들어갔다. 못 찾을 줄 알았던 가방을 찾았으니 아내가 무척 기뻐했다. 어떻게 운전기사 이름을 알았냐고 캐묻는 말에 "모두 다 풍물의 고수 김덕수님 덕이지."라며 어깨가 으쓱해지는 것이었다. 이런 일이 있고난 후부터는 택시를 탈 때 번호판이나, 기사의 이름을 유심히 들여다보곤 한다.

미국 월간지 리더스 다이제스트지가 유럽 여러 나라에 돈이 든 지갑을 여러 군데 놔두고 조사를 했다. 덴마크와 노르웨이가 거의 백 퍼센트가 회수되었고, 그다음으로 핀란드가 팔십 퍼센트 정도. 그 밖의 나라는 절반 정도가 회수되었다. 스위스와 이탈리아는 거의 회수되지 않았다는 것이다.

이탈리아를 여행할 때 가이드가 각별히 당부하는 말이 있다. '소지품을 각별히 조심하라.'는 경고를 심드렁하게 듣다가 어느새 손목시계도 사라진다는 말은 우스갯소리가 아니었다. 어느 일행은 시장에서 물건을 사고 안 호주머니에 지갑을 넣고, 다른 가게에서 물건을 사고 돈을 지불하려고 호주머니에 손을 넣는 순간 감쪽같이 사라진 지갑. 귀신이 곡할 노릇이라며 시니컬하게 웃던 그 모습이 여행을 떠날 때마다 생각이 난다.

양심은 꽃이다. 꽃은 아름답다.

꽃에 고운 빛깔과 향기가 없다면 그 누가 꽃을 아름답다 하리. 턱밑에 돋아나는 수염을 날마다 깎듯이, 마음에 비질을 해야 화신花信을 들을 수 있다.

봄에서 겨울이 떠날 때까지 피어나는 꽃, 들꽃이 아니라 마음의 꽃이 지천至賤으로 피어나기를 기대해 보는 것이다.

잠들지 않는 영혼

통일교육전문위원 연찬회에 참석하기 위해 연수원으로 가는 버스에 오른다. 버스는 수유리를 향해 달린다. 차창 너머 시가지 풍경을 보노라니 어느새 언덕길을 오른다. 얼마쯤 갔을까, 언덕 아래 우뚝 서 있는 4·19기념탑이 보인다. 탑을 보는 순간 가슴이 철렁 내려앉는다. 주체할 수 없는 거센 파도처럼 격랑이 한꺼번에 밀려오는 것이었다.

그날도 날씨는 맑지 않았다. 세상이 하도 뒤숭숭하니 날씨마저 침울했다. 선배로부터 전갈이 왔다. 3·15부정선거에 항의하기 위한 시위가 있으니 빠짐없이 참석하라는 전갈이었다. 교복을 입고 모자를 써야 등교할 수 있었던 시대라 선배 말에는 절대 복종해야만 했다.

우리가 동대문에서 출발하여 시청 앞에 이르렀을 때는 이미 시위대를 향해 발포 명령이 떨어진 후였다. '부정선거 웬 말이냐, 독재정권 타도하자!'라고 외치며 스크럼을 짜고 앞서가는 선발대를 향하여 총구가 불을 뿜었다. 시위하는 학생을 향해 총구를 겨누기는 했으나 차마 학생을 향해 발포하리라고는 그 누구도 상상 못했던 일이다. 이웃집 아저씨이고 형님 같은 경찰이 쏜 총탄에 학생들은 무참히 쓰러져 갔다.

피투성이가 된 동료를 들쳐 업고 골목길로 내달리는가 하면, 총에 맞은 다리를 절뚝거리며 도망치는 학생들로 길거리는 전쟁터를 방불케 했다. 아비규환이 따로 없었다. 나도 도망치는 학생들과 함께 사력을 다해 뛰었다. '독재정권 물러가라.'는 구호 한 번 외쳐보지도 못하고 겁에 질려 마구 달렸다. 정신없이 뛰다 보니 어느새 발걸음은 금호동 자취방 앞에 이르렀다. 누가 뒤쫓아 오는 것만 같아 문을 잠그고 방 안에 벌렁 주저앉았다. 바람결에 대문 소리만 나도 누가 찾아오는 것만 같은 조바심으로 하루를 보내었다. 날이 밝자 가방에 옷 몇 가지를 챙기고는 서울역으로 향했다. 호남선 열차에 몸을 실었다. 차창 밖에는 싱그러운 봄소식으로 가득 차 있지만, 나의 눈과 귀에는 피투성이가 된 학우들의 아우성 뿐이었다.

목포항에서 연락선을 타고 제주에 도착했다. 관덕정 앞 터미널에서 버스를 타고 고향으로 달려갔다. 학생들 시위에 많이 다쳤다는 소식에 걱정하시던 부모님은 '잘 내려왔다.'며 무척 반가운 표정이었다.

하루가 지나고 이틀이 지났다. '내가 왜 여기 와 있지.' 독재에 항거하여 싸워야 할 젊은 피는 어디 두고 자기 혼자 살겠다고 도망쳐 온 자신이 초라하기 이를 데 없었다. 나의 혈관 속엔 불의에 항거하는 DNA는 아예 없었는지도 모른다는 생각마저 들기도 했다. 시간이 지나면 지날수록 표백된 나의 의식은 부끄러운 소굴이 되어 가는 것이었다.

이때처럼 현실도피가 죄의식으로 다가선 적은 일찍이 없었다. 피 흘리며 죽어간 학우들을 팽개치듯 도망쳐 온 나의 뒷모습, 영화 속의 한 장면이었으면 오죽 좋을까. 하지만 스크린 속의 장면이 아니라 현실의 모습이고 보면 자책의 시간은 혼자 걷는 황야였다.

'남의 권리를 침해했을 때만 죄가 되는 것이 아니라 도덕적으로 침해하려고 생각만 해도 죄가 된다.'는 칸트의 말을 빌리지 않더라도, 나는 이미 죄인이 된 것이다. 의식이 건너편에 묻어두었던 부끄러운 속살이 되어 해마다 찾아들 줄은 예전엔 미처 몰랐던 것이다.

자유당정권이 붕괴되고 민주당 정부가 들어서면서 자유를 얻은 사람들의 행렬은 가끔 시가지를 누비곤 했다. 지난날을 생각해서인지 어쩌다 이 행렬에 합류하기도 했다.

그러던 어느 날 교문을 나서려는데 느닷없이 동대문 경찰서로 연행되었다. 학사고시 반대 주모자라는 것이다. '주모자가 아니라 그저 참가했을 뿐'이라고 항변해 보지만 공허한 메아리였다. 학사고시인 국가시험을 합격해야 졸업할 수 있다는 정부의 방침에 항의하는 시위였다. 구치소에서 2일 밤을 새우고 훈방되었다. 전화벨 소리가 날 때마다 풀려나가고 힘없는 5명은 맨 나중에 풀려났다. 내 생애에서 처음이자 마지막인 구치소 안에서 먹어본 주먹밥, 그 맛은 참으로 꿀맛이었다.

집에서 생활비가 늦게 올 때면 국화빵 사들고 시린 손 녹이며 저녁을 때우던 학창시절이 그렇게 그리울 수가 없다. 고생도 낙이었다. 아픔도 즐거움이었다. 회억의 강에서는.

해마다 찾아드는 4월의 강, 부서져 간 세월의 굉음소리를 들으며 마음의 반란을 글로 꿰매 본다. 스쳐 간 시간은 과거가 아니라 현재의 남루한 모습으로 다가온다. 벗어 던지고, 내팽개치고 싶다고, 소리쳐 보지만 받아들일 영혼은 이미 역사가 돼 버렸다.

홍수처럼 밀려오는 기억의 뒤안길, 그 속에 내가 있었다. 주체할 수없는 의식의 구토증, 그리고 세포막을 물어뜯는 아픔을 속죄하는 마음으로 이 글을 쓴다.

스트레스의 선택권

집을 나섰다. 한 일 킬로미터를 갔을 때 문단속을 안 하고 나왔다는 생각이 들었다. 차를 돌려 집에 도착했다. 문이 다 잠겨 있었다. 이런 일이 한두 번이 아니다. 그럴 때마다 '내가 왜 이러지.' 하고 스트레스를 받는다. 어쩌면 나이가 주는 건망증인지, 완벽을 자초한 일인지는 모르나, 때로는 초기 치매 증상이 아닐까 하는 생각이 들기도 한다.

어느 날 여행을 떠나기 위해 콜택시를 불렀다. 가방을 들고 대문을 나서려는데 어쩐지 문단속이 잘 안 된 것 같아 집 안으로 들어갔다. 스위치도 내리고 문단속도 잘 되어 있었다.

택시에 오르자 기사가 '미리 준비하고 택시를 부르지 않았다'며 중얼거린다. "미안합니다. 대기료를 드리지요." 하고 말을 가로막았다. '뭐, 좀 기다린 것 가지고 핀잔을 주지. 친절하게 손님을 대해 주면 안 되나.' 하고 생각은 하면서도 말을 잇지 않았다. 아침부터 마음을 상하고 싶지 않아서이다.

말은 언제나 입에 기름을 칠하는 법이라서, 말이 말을 낳는다. 공항에 도착할 때까지 함구했다. 택시기사도 백미러로 한두 번 훔쳐볼 뿐, 말이 없었다. 택시기사는 언제나 친절해야 한다는 나의 편견이나, 승객이 갑질하고 있다는 기사의 생각, 각자의 기대치가 만들어 놓은 침묵이었다.

공항에 도착했다. 대기료라며 천 원을 더 주고 내렸다. 고맙다는 말 한마디 없이 요금을 받았다. 뭐라고 하고 싶지만, 하루를 시작하는 아침부터 더 마음 상하지 않기 위해 뒤돌아섰다.

스트레스란 마음의 상처라는 말이다. 살다 보면 하찮은 일에도 스트레스를 받는다. 어려운 문제에 봉착하거나, 업무 때문에, 스스로 느끼는 자괴감도 스트레스가 된다. 더욱이 긴장감이 지속되면 이로 인해 질병의 요인이 될 수도 있다는 의료인의 주장이 있는가 하면, 건강에 꼭 나쁜 것만은 아니라는 견해도 있다.

버밍햄대학 리처드 셸튼 교수는 스트레스가 좋은 이유 다섯 가지를 들었다. '두뇌기능의 향상, 낮은 스트레스는 면역력의 증대, 대처능력의 향상으로 내성의 강화되고, 성공에 대한 동기부여나 아동의 성장발달에 도움을 준다.'고 했다. 우리들의 생활은 이완과 긴장의 연속이지만, 어찌 보면 작은 긴장감은 생활의 느슨한 나사를 조이는 역할을 하고 있는지도 모른다.

사실 대인 관계에서 스트레스를 받고 안 받고는 타인에 있는 것이 아니라 나에게 있다. 마음을 열 수 있는 마음의 문고리는 언제나 안으로만 걸려 있기 때문이다. 자극을 줄 수 있는 스트레스와 마음에 상처로 각인되는 스트레스, 안 받을 수 없는 것이 스트레스라면 최후의 선택은 걸어놓은 마음의 문고리를 열고 수긍하고 긍정적으로 받아들이는 것 외에는 다른 방법이 없지 않은가.

인간관계에서 적당한 관계의 거리를 유지하는 것이 바람직하다는 말이 있다. '자식과 부부간에는 45센티미터, 친구나 직장 동료 간에는 45-120, 공적인 만남에서는 120-370센티미터의 거리가 유지되어야 한다.'고 했다. 너무 가까우면 상처를 입게 되고 너무 멀면 소원해진다는 말이다. 살아가는 동안 호불호의 관계가 결코 쉽지 않음을 시사하고 있다. 관계라는 말은 두 글자이지만, 그 음절 속에 함축되어 있는 이미지는 긍정과 부정, 협력과 갈등이 실타래보다 더 복잡하게 엉켜 있는 것이 우리들의 삶이다. 그러고 보면, 스트레스를 안 받고 산다는 것은 거의 불가능한 일이다.

여행길 택시 안에서의 침묵은 나에게는 스트레스를 덜 받기 위한 방편일지는 모르나 택시기사에게는 스트레스일 수도 있다. 언어로 받은 스트레스보다 침묵이 오히려 마음에 상처를 더 줄 수도 있으니까.

스트레스의 선택권은 타인에게 있는 것이 아니라 나에게 있다는 사실을 새삼 곱씹는다. 모든 것은 어떻게 받아들이느냐에 따라 그 반응이 다르기 때문이다. 묵비권은 나를 방어할 수 있는 최후의 수단이기는 하나, 침묵만이 능사는 아니었다.

마음을 팔고 살 수는 없어도 남에게 줄 수는 있지 않은가. 남에게 주기는 고사하고 마음의 문고리를 잡고 서 있는 나의 모습은 어쩐지 타인같이 느껴질 때도 있다.

밖에서 두드리는 노크 소리를 듣기 전에, 안으로 잠겨 있는 문고리부터 여는 방법을 터득함이 옳지 않겠나.

연꽃과 나비

연꽃은 수련과의 꽃으로 불교를 상징하는 꽃이기도 하다.

수련은 6월부터 피기 시작해서 8월까지 피지만, 연꽃은 7, 8월에 핀다. 옛날에는 여름철 소나기가 쏟아지면 토란잎이나, 연잎으로 우산을 대신하기도 했다.

연꽃은 진흙 속에서 돋아나 아름다운 꽃을 피운다.

더러운 흙탕물 속에서도 꽃은 아름답게 피어난다. 불교에서는 '삼계육도三界六道의 세속에 물들지 않고 팔성도八聖道의 마음처럼 고고한 자태로 피어나는 꽃'이라 하여, 사찰마다 연화문양이 곳곳에 그려져 있는 꽃이기도 하다.

수련睡蓮은 글자 그대로 아침에 피어나 해 질 때 꽃잎을 접는다 하여 붙여진 이름이다. 연꽃도 마찬가지이다.

– 어느 날 나비가 연꽃에 반하여 해 지는 줄도 모르고 놀다가

그만 꽃 속에 갇히고 말았다. 빛이 꽃이라서 햇빛이 거두면 꽃잎도 오므라든다는 사실을 미처 몰랐던 것이다. 아무리 발버둥 쳐도 나갈 길이 없었다.

연꽃 속에 갇힌 나비는 아침이 되어 꽃잎이 펴지자 밖으로 나왔다. 밤새 용을 쓴 나머지 탈진한 나비는 얼마 날지 못하고 물에 빠지고 말았다. 이때부터 나비는 이 꽃 저 꽃 옮겨 다니다가도 해질녘에는 꽃을 찾지 않는다는 것이다. -

우화가 우리에게 주는 메시지는 과연 무엇일까.

유성처럼 스쳐 가는 말은 '탐욕을 즐기지 마라, 욕심은 만족을 모르는 불가사리'라 하지 않았던가. 그러기에 만족이란 재산이 넉넉함에 있는 것이 아니라 욕심이 적음에 있다는 사실을 누군들 모를까. 알면서도 잠시 잊어버리는 것이 욕심이다. 모르면서도 알려고 하지 않는 마음, 알면서도 미처 깨닫지 못하는 속내, 그 마음 때문에 영어圄圄의 몸이 된 사람, 어디 한두 사람이던가.

욕심을 버리자 생각하고 뒤돌아보면 그 생각은 저만치 뒤물러서 있다. 이것이 나의 삶인지도 모른다.

금연 일기

　TV 광고를 본다.

　광고는 짧은 시간에 상품을 알려, 최대의 효과를 꾀하려는 것이 그 목적이다. 이와는 반대로 소비를 위축케 하는 광고가 있다면 그 광고는 어떤 것일까. '폐암 한 갑 주세요.' '뇌졸중 두 갑 주세요.' 등 담배 해독 광고이다. 소비억제를 위한 유일한 광고이다. 이 광고를 볼 때마다 섬뜩한 생각이 들곤 한다.

　담배 하면 나도 뒤지지 않는 경험이 있다. 전력이라고 내세울 만한 것은 못 되지만 하루에 두 갑은 거든히 피웠으니까, 애연가 중에서도 골초인 셈이다. 담배를 배우게 된 것은 23살 때로 기억된다. 종로에 있는 다방에서 친구를 만나기 위해 기다리고 있었다. 다방 안쪽 구석진 곳에서 중년신사가 파이프 담배를 피우고 있었다. 그 모습이 어찌나 멋이 있었던지 한참을 주시했다. 담배를 그저 피우는 것이 아니라 입으로 내뱉은 연기를 코로 들이마신다. 흩어지는 연기보다 코로 흡입되는 연기가 훨씬 많게 보였다. 신기하리만치 멋진 흡연 모습이었다.

집으로 돌아오면서 열 개비 들어 있는 사슴담배 두 갑을 샀다. 그 멋진 신사의 흡연 모습을 흉내 내 보지만, 연기만 목에 걸려 캑캑거릴 뿐, 두 갑을 다 태워도 끝내 흉내는 고사하고 눈물만 삼키고 말았다. 아마 10갑을 다 태우고 난 어느 날 재연의 환희를 맛보게 되었다. 그때부터 애연가로서 일가견을 이루게 된 것이다.

더러는 내 담배 피우는 모습이 멋지다는 사람도 있었다. 5,60년대는 영화 속에서도 담배 피우는 멋진 모습이 심심찮게 등장하기도 했다. 지금 생각해 보면 격세지감을 느낀다. 그 후 34년간을 줄곧 내 손끝에서 담배가 떠나지 않았다. 저녁때 퇴근해서 콧구멍을 문질러 보면 굴뚝을 청소한 걸레조각을 보는 듯했다.

담배를 끊으려고 다섯 번이나 시도했으나, 결과는 모두 다 실패로 끝나고 말았다. 은단으로 허전한 마음을 위로해 보기도 하고, 때로는 무료함에 사탕으로 입을 달래 보기도 했다. 대화를 할 때 담배를 잡았던 왼손 처치도 곤란했다. 무엇을 잃어버린 사람처럼 손을 비비거나 이것저것 만지며 마음을 달래 보지만 어색한 손짓뿐이었다. 마음도 어쩐지 억울하다거나, 조민躁悶 상태가 반복되어 조울증 환자처럼 갈피를 못 잡았다. 그런 심리상태가 결국 실패의 맛만 보게 했다.

어쩌다 마음 상한 일이 생기면, 한 개비만 얻어 피우고 다시는 피우지 않겠다고 맘먹고 한 대를 피우고 나면, 그것이 끝이 아니라 시작이 되었다.

어느 날 금연한 사람이 무심히 담배를 사 들고 집에 들어왔다. 이유 없는 행동을 자책하면서 가위로 모두 잘라내고 쓰레기통에 버렸다. 청소하던 아내가 버려진 담배를 보고는 '피우지도 않을 담배를 뭘 하자고 돈 주며 사 왔느냐.'고 핀잔하는 말에 화를 이기지 못하고 버렸던 담배를 주워 피웠다. 이때처럼 작심 일일도 채우지 못한, 나의 체면이 남루하기 이를 데 없었다. 그만치 담배를 사랑했던 것이다.

출근하려고 집을 나서는데 숨을 쉴 수가 없을 정도로 가슴이 저려오는 것이었다. 황급히 병원 응급실로 달려갔다. 여러 가지 검진을 마치고 의사 앞에 앉았다. 의사는 담배를 피우느냐고 물었다. 하루에 두 갑이 넘을 때도 있다고 했다. 의사는 심각하게 꼭 담배 때문이라고는 할 수 없으나 자기가 보기에는 담배로 인한 심근 경색 초기인 것 같다며, 더 살고 싶거든 담배를 피우지 말라는 경고를 하는 것이 아닌가. 처방을 받고 집으로 돌아왔다. 애장품인 라이터며 담배를 모두 버렸다. 목숨보다 아까운 것은 아무것도 없었다. 죽는다는데 그길로 가려는 사람 어디 있을까. 그것이 내 손에서 담배를 떠나보낸 마지막 이별이었다.

담배를 피울 때는 담배 연기에서 풍겨 나오는 냄새가 그렇게 구수할 수가 없더니, 막상 담배를 끊고 난 일 년 후부터는 담배 피우는 사람 곁에만 있어도 담배냄새가 역겹고 싫어졌다.

담배 피울 때는 길거리에 꽁초를 무수히 버렸다. 내가 버리던 지난날은 생각지도 않고 대문 앞에 꽁초를 보면 미간이 찌푸려진다. 그 언젠가 프랑스에 갔더니 길거리에 쓰레기통이 보이지 않았다. 여자들도 담배를 피우다가 아무렇지도 않게 길거리에 버렸다. 여행 가이드보고 저렇게 담배꽁초를 아무 데나 버려도 되느냐고 물었다. '아무 데나 버리는 것이 아니라 인도와 차도 턱밑에만 버리면 된다.'고 했다. 얼마 후 쓰레기 흡입차량이 지나가자 길거리는 깨끗해졌다. 처음 보는 쓰레기 차량이 신기하기도 했다. 가이드 말이 더욱 걸작이었다. '버려 줘야 청소하는 일자리도 생겨 생계를 유지할 것이 아니냐.'고 반문하는 것이었다.

이제는 금연구역이 점점 늘어나고 있다 애연가들이 설 자리가 없다. 담배가 기호품이 아니라 해독의 괴물로 바뀌었다. 그래도 길 잃은 담배꽁초는 골목길에서 심심치 않게 보인다.

오랜 시간 자신과 함께해 온 기호품을 버린다는 것은 결코 쉬운 일이 아니었다. 수십 번 작심을 하고 시작해 보았지만 결과는 운무 속에 헤매는 꼴이 되었다. 어지간한 작심으로는 끊기 어려운 것이 금연의 결행이었다.

〈살고 싶거든 담배를 끊어라.〉 의사의 경고장이 없었다면 지금까지도 담배를 피웠겠지. 점점 오염되어 가는 지구에 내 담배 연기나마 공해가 되지 않는 것이 얼마나 다행인지 모른다.

박쥐의 우화

인간과 인공지능이 바둑을 대결하는 시대가 되었다.

자동차와 IT의 융합으로 무인 자동차가 거리를 달리고, 감성을 지닌 로봇이 소설이나 수필을 쓰는 시대가 그리 멀지 않은 것 같다.

글쓰기에서도 아포리즘 수필, 실험 수필이 등장하고, 장르를 초월한 융합이나 수사적 메타포의 경향이 두드러지게 나타나고 있다. 모든 것이 변해야 산다는 시대의 반증들이다.

수필과 시에 등단한 지도 어느새 10년이 흘렀다. 시가 무엇인지, 수필에서 형상화는 어떻게 하는 것인지, 글을 쓰면 쓸수록 다가서는 난제들 앞에 그저 속수무책이다. 그래도 글쓰기에 변화를 시도해 보아야겠다는 생각으로 미지의 세계를 탐지하는 사람처럼 조심스레 시와 수필을 써 보기로 하였다.

한 달포가 지났을까. 써 두었던 작품을 꺼내들었다. 과거에 갇힌 산물처럼 주제의 전개에서부터 결미(結尾)에 이르기까지, 창작의 가치가 무너져버린 표현은 마치 푸념 섞인 언어의 진열장을 들여다보는 것 같았다. 공감과 융합은 고사하고 허구의 문체들, 그리고 잡다한 수식어 등은 마치 박쥐의 우화를 연상케 했다.

어느 날 조물주는 연회를 베풀었다. 첫째 날은 하늘을 날아다니는 새들을 모두 모이라고 명하였다. 다음 날은 땅에 기어 다니는 짐승들을, 셋째 날은 날짐승과 길짐승을 모두 모이라고 하였다. 박쥐는 전날에도 또 다음 날에도 연회에 참가했다. 이를 본 조물주는 크게 노하였다.

"너는 어찌하여 날짐승이 모일 때도, 길짐승이 모일 때도 참석했느냐."

호통을 쳤다. 벌벌 떨며 잘못했다고 비는 박쥐에게 큰소리로 명하였다. "너는 나를 기만한 죄, 목숨을 거두어 마땅하나 만든 내게도 책임이 있으므로 너는 평생 거꾸로 매달려 살지어다."라고 벌을 내리고는 나가버렸다. 이를 지켜보던 짐승들이 손가락질하며 깔깔대며 놀려대는 바람에 박쥐는 부끄러워 동굴 속으로 줄행랑을 치고 말았다. 이때부터 박쥐는 동굴 천장에 매달려 살게 되었고, 혹여 다른 동물이 볼까 봐 해질녘에만 먹이를 구하러 날아다니게 되었다는 것이다.

글을 쓰면서 난감한 것은 장이나 운율을 고려할 필요 없는 수필에 시의 보조관념들을 어떻게 접목할 것인가라는 문제였다. 언어의 유희에 지나지 않는 작품을 볼 때마다, 노정된 나의 글쓰기의 한계점 앞에 무기력하기 이를 데 없었다. 우화 속의 박쥐를 연상했던 〈낮달〉을 보기로 한다.

암매미가 여름을 즐기던 먼나무 그늘
앞마당 담장에 허리 꺾일 때쯤,
갈 햇살 헹구는 창가에서 잠이 들었다
꿈인 듯 생시인 듯 분간이 서지 않는 목탁 소리
산사에 온 것도 아닌데 내 귓전을 맴돈다
분명 잠에서 깨어났는데도 몸은 오수의 그늘이다
오늘따라 분주히 오가는 신앙의 발걸음 소리
얼마 전에 복음을 전하려 왔다고 초인종을 울리더니
이번엔 목탁 소리가 단잠을 깨운다
장단과 가락이 제각각인, 염불과 목탁 소리
입 다문 대문을 향해 서성이다 떠난다
삶의 뒤편 안식이 고이는 원점을 향해
세상을 등짐처럼 짊어지고 걸어가는 발걸음 뒤에는
깨진 접시처럼 낮달의 하얀 미소만 번져 난다
하얀 것은 낮달만 아니었다
시주승이 짊어진 바랑도 하얗게 비어 있고
목탁 소리 떠난 골목길도 하얗게 비어난다.

시적 수사법을 찾아볼 수 없으니 날짐승도 아니요, 그렇다고 생활 속에 침전되어 있는 담론을 이끌어 내지도 못했으니 길짐승도 아니다. 융합이라기보다는 꿰매고 다시 꿰맨 누더기 옷을 걸친 자화상을 보는 것 같다.

하나의 작품성을 인정받으려면 세상에 나서야 하는데 혼자만 읽는 작품세계는 그저 동굴생활일 뿐이다. 조물주의 변별력인 독자의 눈, 그 시선이 두려워 선뜻 세상에 나서지 못한다면 박쥐의 생활이나 무엇이 다르리.

하지만 박쥐의 생활에서 내 글쓰기에 접목할 것이 있다면, 때로는 노을을 끌어안고 하늘을 나는 날갯짓으로, 때론 동굴 안 습한 냉기에 적응하는 인내심과 거꾸로 매달려 사는 것에도 재능처럼 익숙해진 삶의 자세이다. 이런 진지한 마음가짐으로 삶의 편린片鱗들을 새삼 들여다보아야 할 것 같다.

공감과 감동이 있는 글을 쓰기 위해.

환상의 섬, 환장의 섬

관광버스가 앞서 달려가고 있다. 대형버스가 시선을 가로막아 답답한 마음에 버스 뒤를 쳐다본다. '환상의 섬 제주투어'라는 글씨가 한눈에 들어온다.

예로부터 제주 하면 돌, 바람, 여자가 많다 하여 삼다도로 널리 알려져 있다. 그만치 아름다운 자연환경과 독특한 생활풍습은 이국의 멋처럼 여겨 왔다. 근래 들어 세계자연유산, 세계지질공원, 세계7대자연경관 선정 등 세계 속의 제주가 되었다. 관광의 붐을 타고 개발지역이 늘어나는가 하면, 인구의 유입도 하루가 다르게 증가하고 있다. 그만치 제주에 대한 선호도가 높아졌다는 증거이다.

환상의 섬 제주, 이 말은 현실 세계와 동떨어진 꿈을 꾸고 있는 것과 같은 제주라는 말이다. 바람을 막기 위해 돌로 울타리를 하고, 돌에 구멍을 내어 정낭을 만들고, 밭의 경계에 돌담을 쌓았다. 이러한 풍경은 세계 어느 곳에서도 찾아볼 수 없는 제주만이 간직한 독특한 문화이다.

아름다운 풍광과 이국적인 풍습과 언어도 색다르다. 장가만 가면 한 울타리 안에서도 분가시키는 풍습이나, 오늘은 굶을지언정 내일 죽 끓일 양식을 간직했던 선인들의 생활 모습은 독립심과 ㅈ양 정신의 삶 속에 녹아 있다. 언어도 고어를 그대로 간직한 제주어로 독특한 멋을 지니고 있다. '말을 많이 하지 마십시오.'라는 말을 〈하영 ㄱ지 맙서〉 여섯 글자로 축약하여 사용한 것만 보아도 압축과 절제 지향의 문화를 이루어 왔음을 짐작케 한다.

그런데 요즘 들어 중국 관광객이 붐을 타고 우리의 정체성을 잃어가고 있음을 여기저기서 만나 볼 수 있다. 순수한 우리말도 한자로 표기된 것을 보면서, 우리말과 글을 지키지 못하는 관광은 무엇을 위한 관광인지 의구심마저 들게 한다. 자기 문화를 저버리면 삶의 모습도 잃는다.

남조로 길을 달리다 보면 산굼부리라는 표지판이 있다. 산은 한자음이지만 굼부리는 산 가운데가 움푹 팬 지형을 이르는 제주어이다. 이것을 山君不離산군부리라고 표기하는가 하면, 번영로에는 거문오름을 拒文岳거문악으로 쓴 표지판이 길 가운데 매달려 있다. 어찌 한자를 소리글로 표기했는지 그 속내를 알 길이 없다. 더욱이 관덕로에 있는 우리은행엔 友利銀行이라는 간판이 걸려 있다. 은행 간부에게 전화를 걸었다. 〈우리〉라는 말이 한자가 있느냐고 물었다. 중국 관광객을 위해 그렇게 걸어 놓은 것이라 했다. 관광객을 위해서라면 순수 우리말도 저버린다는 것은 참으로 안타까운 일이 아닐 수 없다. 우리 것을 버리면 남는 것은 무엇이 있는가.

어느 날 월정리가 방영되고 있었다. 해변가 조그만 마을의 달라진 모습이었다. 어느 조그만 관광 휴양지 같은 모습이었다. 이 마을 주민 한 분은 관광도 좋지만 마을의 옛 모습이 사라지는 것에 안타까움을 토해 내기도 했다. '과연 얼마나 바뀌어졌나.' 하는 마음에 월정리를 찾았다. 마을로 들어서는 입구는 예전과 별반 다르지 않았다. 해변가에 이르자 딴 세상이었다. 카페, 숙박시설이 즐비하게 늘어서 있어, 옛 월정리 갯마을의 모습은 온데간데없었다. 마치 원주민은 밀려나고 이방의 점령지처럼 보였다.

국제 관광도시인 베니스 원주민들의 '이제는 관광객이 그만 와 주었으면 좋겠다.'는 하소연도 타산지석으로 삼아야 할 일이다. 제주에도 베니스 원주민의 하소연이 그리 멀지 않은 것 같은 생각이 든다. 관광객 유치를 위해 저가低價 관광이 판치는 제주, 진정 옳은 관광전략은 아니다. 몇 개월 전에 예약해야 가 볼 수 있는 제주가 되어야 제주관광을 살리는 길인지도 모른다.

관광객 유치를 위한 행정력을 집중할 것이 아니라, 제주를 제주답게 지키는 일이 급선무이다. 그것은 한번 파괴된 자연은 복원되지 않기 때문이다. '사람의 발이 닿은 곳은 자연이 아니다.'라는 말을 다시 한번 음미해 볼 필요가 있다. 제주 올레길만 해도 그렇다. 제주 관광에 한몫을 한 것은 부인할 수 없는 일이나, 올레길 개설로 보전할 곳을 놓치진 않았는지 다시 한 번 꼼꼼히 점검해 보아야 할 때가 되었다.

어느 곳이나 개발과 보전 사이의 갈등은 늘 있게 마련이다. 보전을 먼저 생각하는 가운데 개발이 이루어져야 난개발을 최소화할 수 있음을 우리는 수없이 보아 왔다. 개발과 보존 사이의 갈등을 최소화하는 길은 지역, 산간, 수자원, 언어 등 다양한 보존회가 구성되고, 도민의 공감대가 이루어져야 제주를 지킬 수 있을 길이다. 제주의 가치를 지키는 것은 관광객이 아니라 제주인이기 때문이다. 행정가의 공약을 위한 개발이 되어서는 결코 안 될 일이다. 도민의 집약된 의견과 조직의 유기적 활동을 통해 개발이 이루어질 때, 제주를 제주답게 만들 수 있다. 제주를 제주답게 만드는 길, 그 누가 마다하랴. 하지만 개발을 서두른 나머지 자연의 가치가 무너진 곳이 한두 곳인가. 마을마다 앞다투어 개설한 해안도로나, 중산간 개발이 그 예이다.

건축물 하나만 보아도 그렇다. 다른 지역과 유사한 건물들, 제주를 상징하는 조형물을 들라면 돌하르방 정도다. 프랑스는 에펠탑 하나로 관광국이 되었다는 우스갯소리처럼, 제주를 상징하는 건축물 하나 없는 제주라는 말에서 벗어나야 할 때이다.

아무리 관광이 활성화 되었다손 치더라도, 관광으로 얻어진 수익은 외지인이 독식하고, 관광객이 버리고 간 쓰레기는 제주인의 몫으로 남는 관광이라면, 관광객 유치가 무슨 의미가 있겠는가. 관광을 위하는 일이라면 섬을 통째로 관광객에게 내주는 제주가 되어서는 안 될 일이다.

이제 제주는 멀지 않는 장래에 환상의 섬에서 환장의 섬으로 변모될지도 모른다. 환장換腸이라는 말은 마음이 전보다 막되게 아주 달라진다는 뜻으로 환심장換心腸의 준말이다. 제주에 가 보아도 옛날 제주가 아니라서 별로 가고 싶은 생각이 없다는 말이, 관광객들의 입에서 오르내리고 있음은 무엇을 뜻하는지, 다시 한 번 생각해 보아야 할 일이다.

아름다운 제주, 관광버스 뒤에 구호로만 쓰여 있는 '환상투어 제주'가 아니라 제주다운 제주, 제주인의 정체성과 자긍심을 잃지 않은 제주 관광이 되기를 기원해 본다.

여행의 묘미

인천공항에서 호주로 가는 비행기에 올랐다.

나이가 들면 여행도 마음대로 못 한다며, 막내가 모처럼 휴가를 얻어 떠난 여행이다. 아내와 막내는 오른쪽 창가에, 나는 반대편 왼쪽 창가에 자리를 배정받았다. '세 사람이 여행을 떠나면, 그 중 한 사람은 길을 잃는다.'는 말처럼 여행을 떠나면서부터 길을 잃었다.

여행이란 연정 같아서, 신선하게 다가서는 풍광에 취하고, 낯선 도시에 대한 설렘, 문화의 차이에서 오는 충격, 모르는 이와의 만남, 이 모든 것들이 여행이 주는 자연스런 선물이다. 그런 기대와 설렘으로 오늘 여행을 떠난 것이다.

패키지여행으로 우리와 같이 여행할 일행은 시드니 공항에서 만나기로 되어 있다. 내 옆에는 젊은 부부가 앉아 있다. 예전에 우리는 길을 갈 때도 나란히 걷기는커녕 앞서고 뒤서서 걷던 때를 생각하면 이들 부부는 젊음이 부러울 만치 다정해 보였다.

한참을 가다가 내가 먼저 말을 건넸다. "호주에 사시나요?" "아니요, 여행 가는데요." 그들은 결혼 20주년 기념으로 패키지여행을 떠난 것이라고 했다. 알고 보니, 우리가 시드니공항에서 만나기로 한 일행이었다.

말로만 듣던 호주 시드니, 호주의 그랜드캐넌이라 불리는 블루마운틴 국립공원과 시드니의 전경을 한눈에 내려다볼 수 있는 시드니타워의 관광으로 첫날을 보내었다. 다음 날 아침, 보슬비가 내린다. 동부 해안지역에 있는 본다이비치의 고운 모래 해변을 지나, 시드니 대표 관광지인 하이브리지에 도착했다. 이 다리는 세계에서 3번째로 긴 다리라 한다. 주변 풍광과 잘 어우러져 있다. 106만 5천 장의 타일로 요트 모양의 지붕으로 만들어진 오페라하우스, 가까이에서는 그 조형미를 느끼지 못했는데 선상에서 바라본 하이브리지, 오페라하우스, 그리고 바다가 한데 어우러진 조화의 멋이야말로 세계 삼대 미항임을 실감케 했다. 더욱이 현지 한국인 가이드 리처드가 유머 있는 감각으로 가는 곳마다 우리를 즐겁게 해주었다.

시드니 관광을 마치고 저녁 무렵 브리즈번으로 가는 비행기에 올랐다. 브리즈번은 호주에서 세 번째 큰 도시이다. 공항에는 경상도가 고향인 가이드 김 씨가 우리를 맞아주었다. 먼 여행길에서 지루함을 덜어 주려고 가끔 여담도 들려주곤 했다.

한국에서 여행 온 한 노인에게 '호주에 와 보니, 가장 색다른 점이 무엇이었습니까?' 하고 묻자 노인이 대답하기를 '개가 운전하는 것'이라 했다. 개가 운전을 하고 도로를 달린다. 참으로 신기한 이야기가 아닐 수 없다. 호주는 한국과 달리 자동차 핸들이 오른쪽에 있다. 개를 왼쪽 조수석에 태우고 있는 것을 본 것이다. 한국 자동차 구조에서 보면, 분명 개가 운전하는 것으로 보였을 테지. 가이드 김도 호주에 와서 도로에 익숙해질 때까지는 무척 애를 먹었다고 한다. 비록 웃자고 한 이야기지만, 문화의 차이에서 오는 오해와 갈등과 충격을 단적으로 대변해 주는 이야기였다. 가이드 김은 덧붙여 호주 여행에서 주의할 점도 환기시킨다. 호주 여자아이들은 어렸을 때는 인형처럼 예쁘다. 너무 예뻐서 한번 안아 보았다가 유괴나 성추행으로 오해받기 십상이니 절대 안아 보지 말라고 한다. 어렸을 때는 예쁜데 출산을 하고 나면 뚱뚱해진다는, 호주여성의 체형에 대한 설명도 곁들여 주었다. 그리고 다른 사람을 유심히 쳐다보지 말라고 당부했다. 다른 사람들이 쳐다보는 것을 싫어한다고 했다.

그러고 보니 한국 사람은 인정이 많아, 다른 사람에 대한 관심이 대단하다. 때론 지나칠 만큼, 관심을 쏟아낼 때도 있다. 하나의 사건이 생기면 하루 종일 전파를 타고 흘러나온다. 개인적 사생활까지 파헤쳐 짓뭉개야 직성이 풀리는 것을 보면, 인정의 도가 과유불급過猶不及이 아닐 수 없다.

브리즈번에 도착한 다음 날 퀸즈랜드에서 최고라고 자랑하는 포도농장인 '씨로멧 와이너리'를 찾았다. 포도농장에는 캥거루도 보이고, 야생동물이 포도밭 여기저기서 뛰어놀고 있었다. 농장 한 모퉁이에 있는 호수에 이르렀다. 호수라기보다는 큰 연못이라는 표현이 적절한 곳이다. 가이드의 설명으로는 이곳에서 결혼식을 올리고, 양조장 레스토랑에서 피로연을 갖는다고 했다. 설명을 듣던 아내가 젊은 부부더러 결혼 20주년 기념으로 이 자리에서 결혼식을 올리자고 말한다. 박수로 결혼식은 성사되었다. 주례는 내가 맡았고, 사회는 가이드 김이, 하객은 아내와 막내이다. 신랑 신부 맞절이 끝나고 주례사를 한다. '신랑 김윤 군과 신부 나애인 양의 결혼 20주년을 맞이하여 다시 한 번 결혼식을 올리는 것을 축하합니다. 지금까지 많이 싸우면서 살아왔듯이, 앞으로도 많이 싸우며 행복하게 살아주기 바랍니다.'라는 말로 주례사를 마쳤다. 신랑신부 퇴장은 키스로 대신했다. 처음에는 어색해하더니, 하객들이 뽀뽀를 종용하는 박수를 보내자, 신랑 신부는 가볍게 입맞춤했다. 잔잔한 호수의 물결이 출렁이도록 박수를 보내었다. 물 위에 떠 있는 연꽃들도 축하의 메시지를 전함인지 활짝 피어나 있다.

결혼식을 마치고 레스토랑에서 포도주 시음과 함께 고품격 스테이크로 피로연을 마쳤다. 신랑신부는 나에게 포도주 한 박스를 선물했다. 각기 맛이 다른 4병이 든 포도주이다. 한 병을 다 부어야 고작 작은 와인 잔 절반도 차지 않을 포도주 샘플 병이지만, 좀처럼 받기 드문 귀여운 선물이었다.

'개미 쳇바퀴 돌듯 생활하는 우리들의 삶을 신문사설이나 논문이라면, 여행은 한편의 시詩라고 해도 좋으리. 그만치 경물景物이 아름다운 여정의 편력遍歷을 통해, 정신의 그릇 속에 담겨질 영혼을 살찌운다. 그래서 사람들은 여행을 떠나는지도 모른다.

세계 3대 미항인 시드니, 새하얀 요트를 타고 골드코스트 해변을 즐기는 여유로움, 4킬로미터에 이르는 백사장을 한눈에 담아본 헬기 투어, 결혼 20주년을 맞는 젊은 부부, 이 모두 다 여행이 나에게 준 선물들이다.

책상 앞에서 이국의 서정을 영상으로 만나본다. 실제와는 또 다른 감흥이 있다. 더 짙은 마음의 휴양을 안겨다 준다. 마음의 휴양, 여행의 묘미가 그 속에 있다. 영혼이 문을 닫기까지, 영상으로 쓰는 문장을 문자로 담아 두고 싶다.

먼 훗날, 빛바랜 사진 한 장에 남아 있을 추억보다 더 짙은 여정을 느끼기 위해….

제3부

맛과 멋

두 얼굴의 흥백꽃
문득 생각나는 가을
소원의 메밀밭
맛과 멋
공원의 빈 의자
가을의 소리
해변의 아이들
청관지득
나의 아파트
민속 오일장 날

두 얼굴의 동백꽃

동백꽃 하면 먼저 고향 집 울타리가 떠오른다.

담장을 끼고 서 있는 동백나무는 국경수비대처럼, 겨울바람을 막아주었다. 물이 귀한 때라 빗물을 받기 위해 동백나무에 새끼를 묶어 나무에서 흘러내리는 물을 항아리에 받아 두었다가 식수나 허드렛물로 사용하기도 했다.

동백꽃 속에 고여 있는 꿀맛을 보려고 뒤뜰에 나선다. 동백꽃 꼭지를 빼어 들고 한 모금 빨면, 입 안에 번지는 유연한 꿀 향기, 나는 그 맛에 혹하여 뒤뜰에 오래 머물곤 했다. 때로는 동박새를 잡기 위해 새장을 걸어둔다. 어쩌다 동박새를 잡는 날은 진종일 즐거웠다. 아마도 이런 추억들이 나를 부추겼는지, 울타리에 동백나무 몇 그루를 심었다. 지금은 겹 동백과 재래 동백 두 그루만 남아 있다.

동백은 속명이고, 원명은 산다山茶라 한다. 계절에 따라 겨울에 피는 것을 동백冬栢, 봄에 피는 것을 춘백春栢이라 부른다. 그 외

산다화山茶花, 산매山梅라는 이칭도 있다. 동박새가 꽃가루를 전한다 하여 조매화鳥媒花라 부르기도 하고, 중국에서는 바닷바람 받으며 피어난다 하여 해홍화海紅花라 부르기도 한다. 동백꽃이 이칭이 많은 것을 보면, 어느 곳에서나 만날 수 있는 나무임을 엿보게 한다.

이렇게 다양한 꽃 이름 중에서 동백이라는 용어가 혀끝에 익숙해 있다. 앞마당에 심어 놓은 동백나무를 이 글을 쓰면서부터 겹꽃이 피는 개량종을 동백꽃, 재래종 동백을 산다화로 부르기로 했다. 그것은 두 꽃에는 부정과 긍정, 슬픔과 환희를 각기 다른 얼굴로 그려 내고 싶어서이다.

동백은 꽃이 어찌나 많이 피는지, 만개할 때는 나무가 온통 꽃으로 뒤덮인다. 과대 노출이다. 오히려 매력을 잃는다. 꽃이 아름답다는 느낌보다는 짙은 화장과 앙가슴을 드러낸 여인처럼 현란하게 보일 때도 있다. 무엇인가 감추어 있듯, 살짝 가려진 모습에서 매력을 느낀다. 모시적삼에 내비친 여인의 살결처럼….

꽃이 지기 시작한다. 제아무리 화려한 꽃잎도 때가 되면 지게 마련이다. '우주를 사색하는 사람은 꽃이 시들 때 비로소 그 아름다움을 본다.'고 하지만, 꽃잎이 떨어진 모습을 보고 있노라면, 마치 주체 못할 설움을 내비친 모습이다. 당신은 눈물보다 가슴 아프게 울어 본 적이 있는가. 혼자 남몰래 눈물 감추어 본 적이 있는지. 이유 없는 눈물 없다는 듯, 하얀 설움으로 일그러진다.

이제는 아예 초가을이 접어들면, 하얀 설움 보지 않으려고 윗가지 꽃망울만 남겨둔 채 모두 따낸다. 몇 년을 두고 꽃망울을 따냈더니, 꽃을 피우느라 지친 몸이 해소되었는지, 지금은 멀대가 되었다.

산다화는 이와 정반대이다. 잎 속에 숨은 듯 살며시 내미는 꽃봉오리가 정겹게 피어난다. 어느 시골 아낙의 수줍은 모습 같기도 하고, 못다 한 사연 토해 내려는 빨간 입술 같은 머뭇거림도 있다. 흰 눈 속에서 찬바람 깨물며 붉게 타는 산다화는 마치 리얼리티에 대한 신뢰가 존재하는 것처럼 보인다. 어디 피는 모습만 그러할까. 꽃이 질 때도 꼭지가 통째로 빠져 나온다. 암술머리 밑으로 까만 씨알을 잉태한 열매가 앙증맞게 매달려 있는 모습을 보노라면, 어머니 체취가 묻어난다. 땅에 떨어진 열매를 주워 모아 동백기름을 짠다. 어머니는 동백기름으로 머리를 정갈하게 빗어 넘기고, 나들이할 때 맡아 보던 동백기름 내음, 그 향기가 동백꽃잎에 묻어난다. 때로는 접시에 동백기름을 붓고 실로 심지를 만들어 불을 밝히던 모습도 어제같이 눈에 선하다.

동백은 꽃만 요란하게 피었다가 시들어버린다. 열매와는 아예 인연을 멀리했다. 화려하게 피어나는 꽃의 투혼은, 현실의 아름다움을 추구하려는 독신녀의 호소일지도 모른다.

산다화는 수줍게 피어났지만, 꽃 속에는 표현 없는 언어가 숨어 있다. 위안과 환희와 사색과 명상이 까만 열매로 익어간다. 그것이 어머니 마음이다. 그러기에 허리가 나오도록 치마를 끌며 다니는 어머니가 생각나는 것이다. 어쩌면 우리들의 삶도 이에 비견된다. 아쉬움만 남기고 내년을 기약하는 동백꽃, 생명의 진리를 일깨우는 산다화, 두 얼굴에서 존재의 의미를 생각해 보게 한다.

오늘도 산다화와 마주하니, 먼 옛날 같은 고향집 뒤뜰이 생각난다.

문득 생각나는 가을

가을의 소리에 계절이 익어간다.

비워 낸 가지 위로 사색이 저물고, 바람이 스칠 때마다 감나무 잎새가 바스락거린다. 문틈으로 스며드는 가을의 여무는 소리에 스무사흘 달빛이 나의 잠을 깨운 것이다. 창문을 열었다. 주홍빛 감과 달빛, 어우러진 야상곡이 흐르는 밤이다. 마당 안, 나뭇가지들도 덩달아 바람을 붙잡고 춤을 춘다.

앞마당 감나무가 일찍 가을을 맞고 있다. 올봄 여린 잎새가 일찍 고개를 내밀었다. 때아닌 꽃샘추위에 어쩔 줄 몰라 하던 어린 잎들이, 무더운 여름을 딛고 나더니 어느새 낙엽 되어 계절을 반납하고 있다.

잎이 떠난 가지마다 주홍빛 감들이 정겹게 매달려 있다. 감이라고 해 보아야 고작 큰 것이 탁구공만 한 것이다. 원래 감나무를 심을 때부터 홍시가 열리는 것을 마다하고 관상용 재래종 감나무를 심었다.

하얀 눈이 올 때까지 새들이 모여들어 조잘대며 아침 요기를 하는 모습을 보노라면, 마음도 그렇게 흐뭇할 수가 없다. 홍시나 부유 감을 먹는 맛 이상의 짙은 즐거움을 느끼곤 했다.

내가 어렸을 때 할머니 집 뒤뜰에 감나무가 있었다. 높은 꼭대기에 여남은 개의 감을 남겨 두었다. 겨울이 다 되도록 그대로 두었다. 할머니 보고 저 감은 왜 안 따느냐고 했더니 저 감은 한겨울 새들의 밥이라고 했다. 그런 감을 보면 볼수록 어찌나 탐이 났는지, 할머니 몰래 따먹던 감 맛은 정말 꿀맛이었다. 그런 어렴풋한 기억들이 나를 부추겼는지, 앞마당에 할머니의 인정미를 만나려고 감나무를 심었다.

새들이 찾아드는 인정의 장터도 올해로 마지막이다. 올 신구간에는 감나무를 베어내기로 했기 때문이다. 아내가 어디서 들었는지 "감나무를 앞마당에 심으면 집안에 우환이 생긴다."고 감나무를 없애자고 했다. "무슨 헛소리냐."며 몇 년을 지냈다. "감나무는 뒤뜰에 심는 것이 좋고, 앞마당에 심지 않는다."고 오늘 방송에도 이야기하더라며, 나무를 없애자는 것이었다. 사람이 앞일은 아무도 모르는 일이라서, 아내의 성화에 결국 승복하고 말았다.

여름날 그늘이 되어 주고 가을엔 주홍빛 희열을 안겨 주던 인정의 장터, 지는 가을과 함께 시공時空의 뒤편으로 물러서게 되었다. 잃어버린 계절처럼 아쉬움도 남는다.

밤이 깊을수록 감나무 뒤편에서 울이 예는 귀뚜리 소리도 바람과 화음을 이룬다. 나의 잠도 가을의 소리에 그만 빼앗기고 만다. 귀뚜리 울음소리, 언제 들어도 청아한 속삭임으로 다가선다. 열정의 투혼 같은 울음을 토해 내는가 하면, 귀로의 마지막 소곡처럼 애잔한 음률로, 강약의 리듬을 타고 쉰 목소리도 들려오기도 한다.

가을은 초록빛 그리움을 안고, 노을이 비껴 서는 시간이면 주홍빛은 더 짙게 익어간다. 어느새 내 머리 위에도 입추보다 백로가 먼저 찾아와 만추의 여흥을 즐기고 있다. 나의 가을도 더 짙게 익어 가고 싶다. 가지가 휘어지도록 매달린 주홍빛 열매를 달고, 가을을 만끽하는 감나무처럼. 그러나 마음과 현실의 괴리도 실감해 본다.

올여름은 유난히 더웠다. 태양의 열기에 지쳐, 끝내 주홍빛을 반납한 열매도 있다. 짙게 물들어야 할 단풍잎도 제빛을 잃었다. 어쩐지 내가 살아온 삶의 빛깔을 보는 듯하다.

세월의 이끌림에 살아왔다고나 할까. 그저 지워진 멍에 익숙한 삶의 궤적 앞에 할 말을 잊었다. 남을 위한 난향蘭香 같은 그윽한 마음도 남기지 못하고, 그렇다고 단풍잎처럼 영혼을 불태우지도 못했다. 어쩌면 이런 것들이 나이가 들면 들수록 가시가 되어 나에게 돌아오고 있다. 이제는 얼룩진 빛깔로 물들인 열매가 아니라 내 영혼이 응축된 짙은 단풍잎으로 물들이고 싶어진다.

이런 나의 감성을 일깨우던 토종 감나무가 떠난 지도 어느새

10년이 흘렀다. 매년 가을이 오면 마당 잔디 위에 널려 있는 감나무 낙엽을 쓸어내는 것이 짜증이 나던 일들도 이제와 생각하니 그것도 작은 낭만이었다.

어느 날 문득 앞마당 감나무가 떠오르거든, 할머니 마음을 주홍빛 그리움으로 갈무리하리.

초원의 메밀밭

초원 하면 먼저 소와 말들이 풀 뜯는 모습이 연상된다. 그만치 푸른 들녘에 아늑함이 풍겨 나온다. 삼다수 마을을 지나 붉은오름 돌아서면 길 양쪽으로 푸른 목장을 만난다. 봄은 봄대로 가을은 가을대로 초원과 오름이 어우러진 모습에서 계절의 서정을 느끼게 하는 곳이다.

어느 가을, 이 초원길을 달리노라니 그 푸른 목장이 하루아침에 소금을 뿌려놓은 듯 하얀 메밀밭으로 변신해 있는 것이 아닌가. 화사한 꽃 잔치를 벌이고 있는 메밀밭, 바람 따라 물결치는 메밀 꽃 향기가 자동차를 멈춰 세운다.

코발트색 하늘빛 아래 화사하게 피어나 있는 메밀밭에는 밀월을 즐기는 꿀벌들이 윙윙거리고, 건너편 언덕배기에서 춤추는 억새꽃들도 한결 여유롭다. 물영아리 나무들도 가을 채비를 서두르는지 노란빛이 여기저기 묻어나 있다. 가을의 풍요와 넉넉함이 들녘에 물들어 있다. 어느 것 하나 놓칠 수 없는 풍경들이다.

메밀은 일 년 농사 중 마지막 농사이다. 동리에서 누가 늦둥이를 낳으면 "메밀 농사를 지었구면." 하고 농을 건넨다. 그만치 모든 농사가 끝난 다음 8월의 무더위에 메밀밭을 일군다. 불량한 환경에서도 적응력이 뛰어나 가뭄이 들거나 홍수로 여름 농사가 실패하면 그 자리에 메밀 농사를 지었다.

어느 해인가 홍수로 물난리가 났다. 우리 밭은 냇가에 있어 홍수 피해가 심했다. 돌덩이며 자갈로 여름 농사를 망치고 말았다. 아버지는 원상 복구시키려고 여름날 비지땀을 흘려야 했다. 일요일에는 나도 밭에 나가 자갈을 모으는 일을 거들었다. 그 자리에 메밀 농사를 지었다. 낮에는 무더워 소가 일을 할 수가 없어 해가 서산에 기울 때쯤 밭을 갈았다. 쟁기 끝에 걸려 나오는 돌멩이를 치우는 것이 나의 소임이었다. 아버지께서 일궈 놓은, 그 밭에서 맡아보던 꿀 향, 그 향기가 초원의 메밀밭에도 찾아들었다.

나는 그 짙은 꿀 향기에 반해서 밭 안으로 들어섰다. 밭 가운데로는 7-80센티미터 정도의 키 큰 것들이 있는 반면, 가장자리엔 그 절반도 안 되는 키 작은 것들이 앙증맞게 꽃망울을 터뜨려 놓았다.

메밀은 다른 곡식과 달리 꽃도 화사하지만 열매 모양도 다르다. 대개 곡식들의 알갱이는 타원형을 이루고 있지만, 메밀은 무더운 여름을 이겨내고, 3개월 만에 결실을 보아야겠다는 강박관념의 증표처럼 삼각 모양으로 흑갈색을 띤다. 겉모양과는 달리 속은 꽃잎을 닮아 하얀 속살을 지니고 있다.

메밀은 주로 메밀묵이나 떡, 그리고 냉면으로 즐겨 먹었다. 그 중에서도 내가 제일 좋아하는 것은 빙떡이다. 한라산 남쪽에서는 전기 떡, 산북에서는 빙떡이라고 한다. 그릇에 지짐질하여 만든 떡이라 하여 전기煎器 떡이라 하고, 산 북쪽에서는 빙빙 말아놓은 떡이라 하여 붙여진 이름이 아닐까 싶다. 빙떡은 언제 먹어 보아도 제주의 토속적 맛을 느끼게 한다.

빙떡을 보면 예전에 어머니께서 만들던 모습이 눈에 선하다. 솥뚜껑을 뒤집어 화덕에 앉힌 다음, 불을 피워 돼지비계로 솥뚜껑을 닦아 내고는 메밀가루 반죽을 풀어 넓적하게 붙여 내고서 팥이나 무채를 고물로 넣고 빙빙 말아 채롱(대나무로 만든 그릇)에 놓는다. 김이 모락모락 피어나는 빙떡을 한입 가득 깨물면 입 안이 그렇게 풍성할 수가 없다. 어떤 떡이 그 맛을 따를까. 그때 먹어 보던 그 맛, 글로 옮겨 놓을 수 없는 감미로움은 지금도 잊지 못한다.

메밀 하면 생각나는 것이 또 하나가 있다.

이효석의 '메밀꽃 필 무렵'이라는 소설이다. 내가 태어나기 전 소설이지만 고등학교 1학년 때인가, 읽었던 기억이 난다. 농촌의 서정과 삶의 애환을 그려낸 소설이었다.

메밀꽃이 하얗게 핀 가을 어느 날 장돌뱅이로 돌아다니던 곰보인 허 생원은 물레방앗간에서 처녀와 하룻밤을 지낸다. 세월은 흘러 메밀꽃이 하얗게 핀 산길을 지나 개울을 건너던 허 생원이 넘어져 다리를 다쳤다. 동이 등에 업혀 개울을 건너는 두 사람, 어머니도 아들도 모두 다 메밀꽃 필 무렵이었다. 되돌아갈 수 없는 운명적 만남과 유리된 시간들을 메밀꽃을 통헤 그려 놓은 소설이었다.

나는 초원을 나서려다 다시 한 번 메밀밭을 뒤돌아보았다. 거기엔 하얀 은지銀紙 바른 태양이 쉬어가고, 벌과 꽃이 사랑을 입맞춤하는 모습이 더더욱 내 발길을 붙잡는다. 하늘을 올려다보았다. 부서진 구름 조각들이 모두 메밀밭에 내려앉았는지 하늘은 텅 비어 있다.

푸르디푸른 초원에 파도가 일어 하얀 포말을 만들어내고, 산허리 맴돌던 하얀 구름도 나들이 나온 메밀밭….

맛과 멋

맛과 멋이라는 말 속에 어떤 의미가 함축되어 있을까.

그 속을 가만히 들여다보면, '격에 어울리게 운치 있는 맛이 멋이고, 사물에 대한 만족감이나 느낌이 맛이다.' 맛과 멋을 비유해보면, 고속도로와 국도 정도의 차이라고나 할까.

오늘 글을 쓰면서 문장의 종결어미 '다'를 생략한 글을 쓰기로 마음먹고 자판을 두들겨 보니, 막상 그게 생각보다 만만치 않으이. '다'가 없는 문장, 어떤 맛이 날까? 어떤 멋의 느낌이 올까? 조리도 하기 전에 맛부터 상상하다니, 그게 어디 될 말인가.

글의 멋과 조리의 맛은 일맥상통하는 면이 있지. 생각의 레시피를 한데 모으는 것이나, 요리하는 방법과 절차 등은 주제의 설정이나 구성의 형상화와 별반 다르지 않을 거야. 같은 경험과 재료를 가지고 어떻게 요리하느냐는 개인의 손끝에 달려 있는 것. 손끝에 정성의 옷을 입힐 때 맛은 배가된다 해도 좋겠지.

어느 누가 가장 맛있는 음식의 맛을 어떻게 표현하느냐고 물었더니 "가장 맛있는 음식은 언어로 표현할 수 없을 때"라고 대답했다. 참으로 우문현답이 아니겠는가. 글도 이와 별반 다르지 않을 거야.

같은 점이 어디 그뿐일까. 맛의 평가는 내가 아니라 타인이듯, 음식 맛은 손님이 평가를 하고, 글은 독자가 평가하는 법. 내가 만든 것이 맛있다고 소리쳐도, 좋은 글이라고 광고해도 타인이 외면한다면, 제아무리 공들인 글이라 해도 외면받기 십상이지. 음식이나 글은 내 손끝에서 만들어낸 것이지만 결과는 타인의 구미에 달려 있다는 사실을 되새겨 볼 일이지.

아마도 이런 글이면 타인의 입맛을 돋울 수 있지 않을까.

– 바람은 풍경을 만들어 내고, 풍경은 다시 바람으로 화신하는 글. 산과 들을 스쳐 온 바람처럼, 산-들-바람으로 생각을 요리한다면. –

공원의 빈 의자

해맑은 햇살이 내려선 어느 가을날 오후, 길을 가다가 소공원 의자에 앉았다. 옆에 놓인 벤치에는 설익은 낙엽이 떨어져 있다. 마치 어느 가난한 화가의 미완의 작품처럼 한 조각의 사색으로 다가선다.

바람이 휭하니 스쳐 간다. 의자 위에 있던 낙엽도 바람에 떠나갔다. 낙엽이 떠난 자리에 길을 가던 노부부가 잠깐 앉아 있다가 가던 길을 걸어간다. 나는 몇 번이고 노인의 뒷모습을 쳐다보았다. 아무리 보아도 생전에 아버지 뒷모습과 그렇게 닮을 수가 없었다. 노부부가 보이지 않을 때까지 뒷모습을 지켜보았다.

노부부의 뒷모습을 지켜보던 나의 시선은 노부부가 앉았던 자리로 옮겨졌다. 낙엽이 머물다 떠났고, 노부부가 앉았던 자리, 이제는 덩그러니 빈자리만 남았다. 가을바람만 스쳐 가는 그 자리는 마치 아버지가 앉았던 자리로 다가서는 것이다.

아버지는 위암으로 1년여 투병하시다가 돌아가셨다. 임종이 가까워지자 전에는 좀처럼 찾지 않던 장손이 보고 싶다며 기다리셨다. 비행기에서 내렸다고 하는데 올 시간이 넘었는데도 오지 않았다. 눈꺼풀의 무게도 감당이 안 되는지, 눈을 감고는 헛소리처럼 "아직도 안 왔느냐?"는 물음만 반복한다. "버스를 탔다고 하니까 금방 도착할 것입니다."라는 말밖에는 할 말이 없었다. 기다리는 시간만큼 긴 시간이 없다더니, 순간 같은 시간들도 몇십 년을 기다리는 것처럼 마음도 착잡했다.

기쁨도 슬픔도, 환희와 회한도, 이제는 영혼의 깊이에서 점점 희미해져 가는지 헛소리만 내뱉는다. 해 드릴 수 있는 것이라곤 문밖을 보며 초조하게 기다리는 마음뿐이었다. 기다리던 장손이 도착했다. 할아버지 사진을 가지고 오느라고 늦었다며 할아버지 사진을 내보였다. 하얀 틀니를 드러내 보이도록 미소 지으며 손자의 손을 잡았다. 아마도 영정사진을 가지고 온 손자에게 고마운 마음의 표시인지 고개만 끄덕였다. 사람이 마지막 순간에 보고 싶은 사람을 만나면 운명한다더니, 그 수순을 밟아가는 듯 보였다. 손자의 손을 꼭 잡고 안온한 미소를 지었다. 그것은 영혼의 마지막 순간의 하얀 미소였다.

죽음을 위해 죽음을 기다리는 절박한 순간들이 그렇게 편안하게 보일 수가 없었다. 진통제로 버티던 하루하루도 뒤물러 섰다. 하늘이 무너지는 고통도, 어금니가 으스러지도록 이를 갈던 아픔도 내려놓았다. 핏기 잃은 엷은 미소가 눈자위에 맴돌 뿐이었다.

마지막 생을 내려놓는 순간만큼 아버지의 편안한 모습을 일찍이 본 적이 없다. 안식의 뒤에 고이는 미소, 그 미소의 내면은 알 수 없으나 생을 마치는 마지막 여유처럼 보였다.

아버지의 임종을 통해서 죽음은 공포만 있는 것이 아니라는 것을 보았다. 삶이 허무하다는 상념 뒤에 찾아드는 것은 '죽음은 삶을 정화한다.'는 사실이었다. 한 번 태어났으니, 한 번 간다는 사실 앞에 그저 숙연한 마음뿐이었다. 평생을 노동복 벗은 날 없이 사시던 아버지였다. 12살에 일본으로 건너가 유리공장에서 일을 했고, 시간이 날 때는 인력거를 끄는 일꾼으로 젊은 날을 보내었다. 귀국해서는 한 2년간 함흥, 청진 등지에서 해상 일에 종사하기도 했다. 4·3사건 때는 폭도에게 열일곱 곳이나 칼에 찔렸어도 구사일생으로 살아나셨다. 비가 오려면 칼자국에 통증을 호소하시더니, 끝내는 암으로 진단받았다. 위암 말기, 간까지 전이되었다. 한평생 통증과 싸우시다 75세를 일기로 삶을 마감했다.

문득 찾아든 지난날의 기억들이 문지방 넘어 온 파도처럼 공원의 빈 의자 위를 스치고 지나갔다. 마치 아버지가 앉았다 떠나간 빈 의자처럼.

빈 의자와 기다림, 기다린다는 것은 마음의 뿌리에 생명이 돋아난다는 의미이다. 누구와도 나눌 수 없는 순수한 마음이 기다림이다. 비록 비에 젖은 운명이 찾아온다 해도, 기다림은 삶에 쉼표를 찍는 순간이다. 마음에 여유를 심는 날이다. 무언가 기다리며 산다는 것은 내일이 있음을 반증해 주는 일이다.

기다림의 상징인 빈 의자, 또 누가 찾아와 정담과 사색의 꽃을 두고 갈지 아무도 모른다. 언젠가는 누군가 찾아온다는 사실을 신앙처럼 믿고 있을 뿐이다. 남은 시간 빌려 줄 빈 의자, 모두 다 떠나가도 혼자 남아 봄을 기다린다. 그리고 가을을 연민한다. 혹시 나처럼 운명의 마지막 순간을 빈 의자를 보며 스케치할는지 모를 일이다.

아직 오지 않은 시간 위에 당신의 체온을 기다리는 빈 의자.

가을의 소리

가을의 소리 하면 먼저 세 가지가 떠오른다. 발아래 낙엽 구르는 소리, 창틈을 타고 찾아드는 귀뚜리 소리, 가을의 서정을 대변하는 것들이다. 가을이 주는 또 하나의 소리는 이제는 추억의 소리로만 남아 있는 문풍지 소리이다.

조락의 계절 가을, 바람이 스칠 때마다 낙엽 구르는 소리를 듣노라면 나도 모르게 사색에 잠기곤 한다. 바람 따라 이리 구르고 저리 구르다 어느 나무 밑에 육신을 묻고, 새 생명의 잉태를 위해 세월을 기다린다. 이 가을에도 내일을 위한 예지의 낙엽은 지고 있다.

초저녁부터 한밤중까지 울어대는 귀뚜리 소리, 창가에 앉아 울어 예는 귀뚜리 소리는 감성 짙은 소녀의 눈물처럼 때로는 애잔한 소리를 토해 낸다. 잠이 오지 않아 베갯머리 뒤척이는 날은 더욱 그러하다. 새벽이 가까워지면 가까워질수록 합창하듯 들려오던 귀뚜리 소리도 더러는 잠들었는지 몇 마리만 울어 엔다. 마치

작을 개울 물소리같이 들리던 귀뚜리 소리는 멈췄다. 그 여운의 소리를 이렇게 적어 보았다.

한밤의 귀뚜리 소리는
달빛 적신 개울물처럼
창가에 앉아 돌돌거린다
창가의 귀뚜리 소리는
문풍지 타고 흐르는 소곡처럼
내 영혼에 고이는
작은 물 울음소리로 고여 든다
혼자 듣는 귀뚜리 소리는
삶의 여운조차 녹여낸 음악처럼
은빛 잔광이 춤을 추는
한밤을 쓸어 담는다.

이 글을 쓰고 나서 자리에 누웠다. 하지만 잠이 오지 않았다. 이번엔 귀뚜리 소리 때문이 아니라 쓴 글을 어떻게 고칠까 하는 생각에 잠이 오지 않는다. 베갯머리를 몇 번이고 돌려 베어 보지만, 역시 잠은 먼 길을 떠나 있다. 이번에는 부질없는 상념이 찾아든다. 지우고 나면 또 다른 생각들이 빈자리를 채우곤 한다. 수없는 생각의 집을 짓고 다시 허물었다가 또 짓고, 수십 채를 짓고 나서야 겨우 잠이 들었다. 전화벨 소리에 잠이 깨고 나니 몽롱한 정신에서 벗어나지 못한다. 예전에도 불면증이 있는 터라 은근히 걱정되기도 했다. 한밤의 귀뚜리 소리가 던지고 간 불면의 밤은 그렇게 길 수가 없었다.

또 하나는 문풍지 소리이다. 지금은 멀어져 간 추억의 소리가 되었다. 예전에 우리 집 아래채에는 부모님이 살고, 위채는 나의 공부방이었다. 방이라고 해 보아야 두 평 정도이지만 허술하기가 이를 데 없었다. 방 옆에는 부엌으로 쓰던 헛간이라서 쥐나 귀뚜라미가 자유자재로 드나들 수 있는 초가집이었다.

가을이 되면 문살에 풀칠을 하고는 창호지로 문을 바른다. 문양쪽 끝에 창호지를 조금 여유 있게 남겨 둔다. 문틈 새로 스며드는 바람을 막기 위한 방편이었다. 바람이 불면 문풍지와 바람이 화음을 맞춰 소리를 낸다. 바로 그 소리가 문풍지 소리이다. 말이 좋아서 화음이지 따지고 보면 문틈으로 들어가려는 바람과 창호지의 싸움이었다. 어쩌다 종이의 떨리는 소리가 들리면 옛날 문풍지 소리를 떠올리곤 한다.

가을은 언제나 넉넉하고 풍요로운 계절이다. 나의 감성에 노크하는 것은 아마도 이 세 가지가 나의 가을이 아닌가 싶다.

해변의 아이들

우리가 골든 코스트 해변 요트장에 도착한 것은 시드니에서 2박을 하고 브리즈번에 도착한 다음 날이다. 요트 관광을 위해서 해변으로 갔다. 선착장으로 가는 바닷가에는 집집마다 요트 선착장이 있었다.

가이드의 설명으로는 요트는 자가용과 같다고 했다. 호화로운 요트와 주택, 그리고 개인 선착장을 가진 집은 이곳 사람들에게는 부의 상징이라는 것이다. 주택지를 벗어나자 조용히 물결치는 바닷가에서 아이들이 즐겁게 놀고 옆으로 우리가 탈 요트 선착장이 있었다.

우리나라의 바닷물과는 사뭇 다른 풍경이다. 물도 맑지만 그보다 바다가 아니라 넓은 호수 앞에 서 있는 느낌이었다. 잔잔한 바다, 낭만이 묻어나는 곳이었다. 이곳이 요트가 발달한 이유도 바다가 주는 자연의 선물이었다.

우리 일행은 바닷가로 내려갔다. 아이들은 자기들끼리만 즐겁게 놀면서 우리들이 다가가는 것은 아랑곳하지 않았다.

어느 나라이든 해변가 아이들은 바다와 함께 꿈을 키우며 산다. 이곳 아이들도 해변에서 낚시질을 하거나 수영을 하면서 즐기고 있었다. 피부색이 다른 사람들이 왔는데도 우리를 쳐다보지도 않는다. 그저 자기들 놀이에만 열중할 뿐이다. 우리를 쳐다볼 법도 한데, 자기들 놀이 외에는 무관심이다. 남의 일에 별로 관심 갖지 않는 것이 이곳 사람들의 특징인 모양이다. 그렇지 않고서야 저렇게 무관심할 수 있을까. 관심과 무관심의 차이가 크게 느껴지기만 했다.

가이드는 '여기 사람들은 남의 일에 관심을 갖는 것을 싫어하기 때문에, 자주 쳐다보거나 가까이 가지 말라.'고 했다. 자주 쳐다보는 것은 실례라는 것이다.

가이드도 이곳 생활에 적응하기까지 몇 년이 걸렸다고 한다. 자동차 오른쪽에 운전석이 있는 것도 우리와 다른 모습이고, 투표하지 않으면 벌금 내는 일하며, 이곳 생활에 적응하기까지에는 결코 쉽지 않은 시간들이었다고 했다. 아이들의 무관심은 무관심이 아니라 이들의 생활 방식이라고 설명해 주었다.

'호주는 조금만 노력하면 잘살 수 있는 나라이고, 모든 것이 친환경적'이라 했다. 그러고 보니 길거리 전봇대도 모두 나무로 세워져 있었다. 가로수 밑에는 나무를 파쇄하여 거름으로 덮어 놓았다. 교통량이 많지 않은 도로에는 신호등이 없고 회전식 교차로가 대부분이었다. 사람 위주로 되어 있는 이들의 문화이고 보면, 어른 위주의 생활이 아니라 아이들 중심의 나라임을 엿보게 했다.

우리가 탈 요트가 오기까지는 10여 분 남아 있다. 바닷물에 손을 담갔다. 고기들이 헤엄치는 모습도 훤히 드러나 보인다. 그만치 바닷물이 맑다. 물이 맑다는 것은 바다가 오염되지 않았다는 증거이다. 에메랄드빛 바다에는 초여름 은빛 물결만 일고 있었다.

돛을 올리고 바람 타고 질주하는 요트들, 보면 볼수록 한가롭기 그지없다. 여유로움이 묻어난다. 이방인의 눈에는 부럽기도 하고 이색적이었다.

요트에 올랐다. 초여름 햇살을 가리는 돛대 밑 그늘에 앉아 시원한 바닷바람을 맞으며 건너편에 있는 요트 항구를 바라다보았다. 각가지 요트들이 머리를 맞대고 있다. 들어오고 나가는 요트들의 행렬, 해변에 펼쳐지는 풍경들, 어느 것 하나 놓칠 수없는 풍광들이 시선을 현란케 한다. 눈으로 보고 가슴에 담아 보는 것만으로는 모자라서 수없이 카메라 셔터를 누르기에 바빴다.

낭만이 살아 숨쉬고, 삶의 여유가 묻어나는 이곳, 골든 코스트야말로 요트의 천국이었다. 섬을 돌때 집에서 목욕을 즐기는 아이들이 우리가 손을 흔들자 덩달아 손을 흔들어 준다. 관심과 답례는 다른 모양이다. 섬을 한 바퀴 돌아 선착장에 도착했다. 그때까지도 아이들은 물놀이를 즐기고 있었다.

내가 어렸을 때 놀던 그 시절이 떠오른다. 아침에 물때를 맞춰 집을 나가면 하루 종일 바닷가에서 뒹군다. 여름철에는 등가죽이 뱀이 허물 벗듯 한두 번 벗어야 여름이 지나곤 했다. 그만치 바다는 우리들에게 유일한 벗이었고 더없는 놀이터였다.

여기 어린아이들은 부유 속에 바다를 즐기지만, 내가 어렸을 때는 가난 속에서 바다를 즐겼다. 그것도 그럴 수밖에 없는 것이 자연 이외는 즐길 수 있는 것이 없었으니까.

골든 코스트 해변, 어디를 가나 아이들은 즐겁게 놀고 있었다. 놀고 있는 것이 아니라 즐기고 있었다. 논다는 것과 즐긴다는 말의 뉘앙스가 다르듯이 아이들은 자연과 함께 있었다. 그리고 자연에서 낭만을 배우고 있었다.

정관자득

어느 서예가의 붓끝은 마치 하얀 버선 밟고 춤추는 여인처럼, 화선지위를 넘나든다. 비록 연습지 위를 내달리는 붓끝이지만 진한 영혼이 담겨 있다.

옆에서 가만히 지켜보는 나의 손끝은 어느새 붓끝 따라 움직이고 있었다. 연습지를 버리고 한 장을 반듯이 펴 놓고는 '정관자득 靜觀自得'이라 쓰고 나서 그 의미를 설명한다.

'정관靜觀이라는 말은 현상계를 그저 관찰하는 것이 아니라 속을 들여다보고, 본체적인 것을 심안心眼에 비추어 바라보는 것이고, 자득自得은 스스로 한 일에 대한 갚음을 받는 것'이라고 설명해 주었다. 그러고 나서 정성스레 두인과 낙관을 찍고는 나에게 건네주었다.

"대부분 사람들이 내가 글씨 연습을 할 때 오면 한 장 써달라고 하는데 정 선생은 조용히 지켜만 보기에 그에 걸맞은 문구를 써 드린다."고 했다. 조용히 사태를 추이하는 가운데 얻은 소득이었다.

액자를 만들고 작은방 벽에 걸어 놓았다. 처음에는 예쁜 글씨체에 반해서 걸어 놓았지만 해가 거듭할수록 글자 속에 함축되어 있는 의미가 나를 매료시켰다. 무료한 시간을 달래 주기도 하고, 때로는 울컥 치미는 마음에 고요를 심기 위해 들여다보곤 했다. 붓끝에 묻어나는 필력에 감탄하기도 하고, 글자 하나하나의 뜻을 헤아려 보기도 했다.

차분한 마음으로 그림이나 글씨를 본다는 것은 마음에 고요를 심는 일이다. 마음에 색칠을 한다는 것은 직관直觀이 아니라 사유思惟의 뜨락을 걷는 일과 같아서 작은방을 드나들 때마다 들여다보곤 한다.

'옛날 중국 후한 때 최원崔瑗이라는 사람은 자기 책상 앉은 자리 오른쪽에 삶의 지침이 될 말을 쇠붙이에 새겨 놓고 매일 바라보며 행동의 길잡이로 삼았다. 마음이 나약해지거나 게을러질 때는 그 문구를 읽으며 마음을 다스렸다.'고 했다.

자기가 앉은 자리座, 오른쪽右에 귀감이 되는 말을 새겨 놓고銘 마음을 다스렸다는 말이 좌우명座右銘의 유래라 한다.

학창시절의 나의 좌우명은 '인내忍耐는 쓰다. 그러나 그 열매는 달다.'였다. 그 문구를 적어 놓고 공부를 했던 기억이 새롭다. 어찌 보면 그 말이 나의 좌우명이었다면, 지금은 정관자득이 나의 좌우명이 된 셈이다.

그저 묵향이 묻어나는 한 폭의 액자지만, 겉으로 드러나지 않는

밀의密意, 때로는 촉촉이 내리는 봄비처럼 마음을 적셔 주기도 한다.

벽에 걸려 있는 몇 점의 액자 중에서 아들도 이 글씨가 제일 마음에 든다고 했다. 나에게는 크게 물려줄 재산도 없다. 오직 물려줄 것이라고는 고작 이 액자 한 점이 유일한 나의 정신적 유산 제1호가 된 셈이다.

삶의 길목에서 내일을 생각할 겨를도 없이 오늘에 안주하다 보면 심안心眼은 고사하고 육화六花의 그늘에 사로잡히고 있음을 낸들 모를까. 알면서도 이행 안 하고, 모르고 깨닫지 못하는 우둔함, 비록 심오한 삶이 아닐지라도 때로는 정념의 뜨락에 나서 보는 것도 정신을 살찌우는 일이 아니랴. 자위自慰, 그것은 남에 의한 것이 아니라 스스로 나를 찾는 일이기에….

이 글을 써 준 서예가는 세상을 떠난 지 오래지만 글씨는 언제나 나와 함께 있다. 사색과 명상, 그리고 행동과 추억이 함께해 온 시간은 외부로부터 저절로 얻어지는 소득이 아니라, 나 자신을 통한 갚음이라는 사실 앞에 내 삶을 뒤돌아보게 한다.

오늘도 마주한 정관자득靜觀自得, 나의 유일한 정념情念의 들녘을 거닐어 본다.

＊ 육화六花 : 눈을 달리 이르는 말(눈의 결정이 육각형이므로)

나의 아파트

얼마 전에 아파트를 구입했다.

아직은 이사 갈 준비가 되어 있지 않아 잠시 멈춰 있는 상태다. 아파트 생활이라곤 아이들 집에서 잠시 머물러 본 것이 고작이다. 그런데 근래 와서 단독주택보다 아파트 쪽으로 마음이 기울기 시작했다.

나이가 들면 들수록 관리가 단출해야 하는데 단독주택은 이것저것 관리해야 할 것이 많다. 관리가 부실하면 허술함이 금방 드러난다. 하지만 마당을 가꾸고 손바닥만 한 텃밭을 일구어 상추도 심고, 고추도 가꾸어 식탁에 오르는 재미도 있다. 정원에 심어 놓은 나무가 한 해가 다르게 자라는 모습도 아파트에선 느끼지 못하는 또 다른 재미이다.

시 외곽지에 나서면 아파트 군상들이 하늘을 찌른다. 생활의 편리함을 추구하는 삶의 증표이다. 그런데도 나는 아파트에는 별로 관심을 두지 않는다. 경제 탓인지, 성격 때문인지는 모르나 아파트를 보면'띄어쓰기 하지 않는 원고지를 보는 것 같다.'며 거들떠 보지 않던 마음이 하루아침에 바뀌고 말았다. 자식들이 민들레 꽃 씨로 제 살기 위해 모두 떠나간 집. 어쩐지 텅 비어 있는 동굴 같 다는 중압감에 끝내는 아파트를 선택하게 된 것이다.

늦가을 비가 추적추적 내리던 날 오후, 노형동에 있는 아파트를 찾았다. 연화A동 601호이다. 몇 개월 만에 찾아온 것이다. 아파트 를 한 바퀴 둘러보고 돌계단 길을 오른다. 여름날 그렇게 무성했 던 녹음은 간데없고 빈 영혼을 달래는 나목들만이 떠난 계절을 밟고 우두커니 서 있다. 어쩐지 고독의 숨소리마저 묻어난다.

모든 이치가 그러하듯, 떠난 시간들은 미련과 아쉬움만 남는다. 비에 젖은 돌계단에 처연하게 널브러진 낙엽을 밟고서 무엇을 찾 는 사람처럼 사방을 둘러본다. 시선이 닿는 곳마다 생명 잃은 나 뭇잎들이 무방비로 가을비에 젖어 있다. 어쩐지 내 마음도 가을비 에 젖어난다. 하지만 마음속에 찾아드는 상념想念은 계절의 뒷모 습과 가을비가 주는 선물만은 아닐 것 같다. 어쩌면 몇 개 남지 않 은 돌계단이 인생 삶의 계단을 밟는 것과 같다는 데서 찾아드는 우울인지도 모른다.

죽지 아니하면 태어날 수 없는 것이 자연의 순리라는 사실을 알리려 함인지, 내리던 가을비도 초연悄然히 멈춰 섰다. 상념의 골 짜기는 아흔 아홉 골짜기보다도 더 깊은 괴리를 안고 찾아드는 것 같다. 발걸음 닿는 곳마다 어딘지 모르게 쓸쓸함을 안겨다 준

다. 계절을 배달한 소인 찍힌 나뭇잎, 고독을 들이마신다. 나목裸
木, 검은 구름 한 자락 끌어다 이별의 눈물 한바탕 쏟아 낸 가을비,
어느 것 하나 그냥 지나치지 않는다.

한 계단을 더 오를수록 고요속의 고요, 산속의 적막이 흐른다.
대웅전 처마 끝에 매달린 풍경 소리도 비에 젖은 소리로 들려온
다. 가끔씩 나뭇가지에 걸려 있던 빗방울이 '똑-' 하고 낙엽 위에
떨어지는 소리가 빈 영혼 일깨우려는 듯 정적을 깨트린다.

삼성각 입구에서 발길을 돌리고 계단을 내려섰다. 촉촉한 향 내
음이 코끝을 스친다. 언제 맡아 보아도 청정의 영혼을 일깨운다.
향 내음 가득한 대웅전을 지나 상념의 뿌리를 밟으며 걷노라니
어느새 납골당 앞 주차장에 당도했다.

마이크에서 흘러나오는 불경 소리도 가을비에 촉촉이 젖어난
다. 목탁 소리도 산울림으로 들려온다. 언제인가 내 육신에서 영
혼이 떠난 날, 무거운 삶의 짐을 부려 놓고, 빈손으로 찾아올 아파
트 601호. 그곳이 나의 영원한 안식처이다.

비 오는 날 오후, 가을비에 젖는 낙엽을 통해 '산다는 것은 내
몸속에 지니고 있는 생명 하나하나를 떼어내는 과정'이라는 것을
새삼 더듬어 보며 천왕사 길을 천천히 걸어 나왔다.

영원한 나의 아파트를 뒤로하고.

민속 오일장 날

신제주에 위치한 민속 오일장을 찾았다.

장을 보러 오는 사람과 장을 보고 나가는 사람들로 북새통을 이루고 있다. 자동차는 왜 그리 많은지, 시내에 있는 자동차는 모두 다 오일장에 와 있는 것같이 보인다. 승용차와 화물차로 주차장은 가득 메웠다. 아무리 찾아보아도 고급 승용차는 보이지 않는다. 주차한 것만 보아도 민속 오일장은 서민의 삶의 현장임을 짐작케 한다. 겨우 빈 주차공간을 찾아 차를 세웠다.

오일장은 언제 찾아도 사람 냄새가 물씬 풍기는 삶의 현장이다. 인정이 그리운 날은 오일장을 찾으면 될 것 같다. 오가는 사람 속에는 잊었던 얼굴도 있고, 오랜만에 만나보는 얼굴도 보인다. '보고 싶은 얼굴 만나고 싶어 오일장에 온다.'는 어느 촌로의 말처럼 10여 년 전에 만났던 얼굴도 스쳐 간다.

민속 오일장, 언제 찾아도 넉넉한 곳이다. 없는 것 빼고 모두 있는 곳이기도 하다. 백화점이나 대형 마트에서는 만날 수 없는 것들이 있다. 사람 냄새가 묻어나는 넉넉한 인심과 덤으로 주는 인정의 산실 같은 온기가 묻어나는 곳이다.

집에서 기르고 가꾼 채소나 과일을 장바닥에 펴놓고는 하루를 파는 할머니들의 얼굴에는 인자함도 묻어난다. 바닥에 앉아 있으면 오금이 저려 올 터인데도 불편한 기색도 보이지 않는다.

건너편으로 굽은 허리를 지팡이에 의지하고 검은 비닐봉지에 무엇을 사 든 할머니가 걸어가고 있다. 그 모습이 어찌나 안쓰러운지 한참을 쳐다보았다. 세월이 주고 간 그림자처럼 발걸음이 한없이 무겁게만 보였다. 아는 할머니 앞에 이르자 장에 왔느냐고 인사를 나눈다. 팔고 있는 채소를 봉지에 싸고 건네주려고 해도 집에도 있다며 한사코 거절하고는 묵묵히 걸어간다.

예전에 할머니 집을 찾아가면 주섬주섬 무엇을 싸 주시던 할머니 모습이 떠오른다. 빈손으로 돌려보낸 적이 없었다. 언젠가 풀 주머니 같은데 싸 주신 것을 풀어 보니, 말린 감 부스러기였다. 어렸을 때부터 감을 무척 좋아했다. 내가 감을 좋아하는 것을 어떻게 알았는지, 감을 많이 건네주셨다. 지금도 모든 과일 중에서 감을 제일 좋아한다. 감을 먹을 때마다 입 안에 달무리 짓는 달콤함보다 할머니의 인정미가 더 짙게 다가설 때가 있다. 그런 걸 보면 어렸을 때 자식이나 손자들도 같이 피부를 맞대고 살아야 그리움이 묻어나는 것 같다.

허리가 휘도록 하루 종일 앉아 물건을 판 돈을 허리춤에 꼭꼭 감추어 두었다가 손자들 용돈으로 주는 할머니도 있을 터이고, 손녀의 약값으로 건네주는 돈일 수도 있다. 한순간에 일확천금을 벌어들인들 이 할머니 돈보다 더 소중할 수는 없을 것이다.

세 발로 걸어가는 할머니 모습에서 삶의 무게를 생각해 본다. 비록 세 발로 걸어가지만, 저 할머니도 신록 같은 젊은 날이 있었다. 바위가 무겁다 한들 세월의 무게에 비길까. 길 위에 떠 있는 구름도 한참을 고개 들어야 볼 수 있는 굽은 허리, 하루 종일 자신이 서 있는 그림자도 밟을 수 없는 할머니, 세월의 무게를 혼자 짊어지고 가는 사람처럼 보였다.

끝없이 다가서는 현실의 삶도 무거운데, 오직 몸을 의지하는 것은 지팡이뿐, 자식이 옆에 있어도 할머니의 지팡이는 되지 못한다. 어쩐지 쓸쓸하다 못해 처연함도 묻어난다. 좀처럼 내 뇌리에서 할머니 모습이 떠나지 않았다.

오일장 안을 이곳저곳 둘러보았다. "골라요, 골라. 반값으로 팔아요." 옷장사의 카랑카랑한 목소리도 있고, 어물전 아주머니는 "싱싱해요, 싱싱해. 당일 바리요, 당일 바리." 허스키한 목소리로 호객을 한다. 어느 아주머니는 넋을 놓은 듯 우두커니 앉아 있다 시들어 가는 배추를 보며 앉아 있는 모습이 인상적이었다.

민속 오일장 하면 빼놓을 수 없는 것이 먹거리이다. 김이 모락모락 피어나는 순대도 먹음직스럽고, 금방 쪄낸 찰옥수수, 엿장수의 가위소리 하며, 세상풍물이 모두 이곳에 모여들어 왁자지껄하다. 오랜만에 만나 막걸리 한 사발로 정담을 나누는 모습도 정겹다. 음식 냄새와 갖가지 냄새로 뒤범벅이 된 오일장은 언제 찾아도 시골 서정과 도시의 서민들이 한데 어우러진 삶의 현장이다.

나는 오늘 오일장에서 두 가지를 보았다. 수수한 삶의 모습과 세월의 무게이다. 돈이 많을수록 인정은 멀어지는 세상과는 달리, 비록 돈은 없어도 인정은 넘쳐나는 산실을 보았다. 늙을수록 수족을 움직여야 한다는 강인한 생활력을 보았다. 주름진 얼굴에는 순수함이 묻어나고, 거칠어진 손끝에는 덤으로 주는 인정미를 만날 수 있었다.

장마당 안은 온통 구수한 맛으로 분칠해 놓았다. 산다는 의미보다 더 진지하고 구수한 삶의 모습을 보았다. 생활의 현장을 만났다. 생활한다는 것은 향락이 아니라 그 속에 노역이었다는 사실을 새삼 실감해 본다.

삶은 언제나 진지한 것이라고.

제4부

상념의 모자이크

뒷모습

골목 안 풍경

모놀로그

교통 체증

배고픈 다리

편견

여백과 여유

할머니와 손녀의 대화

상념의 모자이크

뒷모습

사람의 모습에는 두 가지가 있다.

앞모습과 뒷모습이다. 거울에 내비친 앞모습은 매일 보고 살지만, 자신의 몸이면서 다른 사람보다 볼 수 없는 것이 뒷모습이다. 앞모습을 외형적 생전의 모습이라면 뒷모습은 내면적 사후의 모습일 수도 있다. 거울에 나타난 얼굴이야 가꾸면 되지만, 뒷모습을 가꾸는 사람은 그리 흔치 않다.

언젠가 TV에 어느 스님의 입적 소식을 방영하고 있었다. 불교계만이 아니라 일반인들도 애도하는 마음은 한결같았다. 화면에 비춰진 스님이 거처했던 방은 참으로 담소했다. 투명하게 생을 정시正視해 온 그분의 삶이야말로 모든 성직자의 귀감이 되고도 남을 만큼 청빈했다.

스님이 살았던 조그만 방에는 옷을 거는 건지와 칠 벗겨진 탁자 위에 동그마니 놓여 있는 찻잔 하나가 재산의 전부였다. 빈 찻잔에는 주인이 살다 간 무언의 세월 속에 담긴 '무소유'의 참뜻이 차향처럼 모락모락 피어오를 것 같은 착각마저 든다.

　우리들도 저런 삶이 가능한 것인가. 범부의 삶에서 무욕이란 용어가 과연 용납될 수 있는 언어인가. 절제된 무소유의 어휘 속엔 어떤 의미가 함축되어 있을까. 자꾸만 되살아나는 의구심, 열반한 자와 교감할 수 있는 유일한 매체인 탁자와 찻잔을 통해, 많이 소유할수록 행복한 것이 아니라 청빈 속에 행복이 있음을 일깨워 주고 있다.

　'사람의 욕심이란 바닷물을 마시는 것과 같아서, 마시면 마실수록 목마름을 더해 간다.'는 말처럼 갈증의 목마름을 해소하려고 몸부림치는 것이 우리네 삶인지도 모른다. 생각이 여기에 이르자 스님의 저서 『무소유』의 내용이 궁금해졌다. 서둘러 책방을 찾았으나 책은 이미 절품이 된 후였다.

　스님의 책은 베스트셀러 1위가 되었고, 유언에 따라 출간할 수 없으니 갖고 싶어도 만날 수 없게 되었다. 평소에 서점에서 낮잠 자던 책들이 불티나게 팔려 나갔다. 왜 그렇게 하루아침에 절품이 되도록 팔려 나갔을까. 스님의 숭고한 넋을 기리기 위해서, 아니면 다시 출판할 수 없다는 희귀성 때문에? 소장하고 싶은 마음은 각기 다르겠지만, 분명한 것은 미迷를 끊고 도道를 깨달은 내면의 세계를 엿보려는 마음의 발로가 낳은 결과일 것이다.

　스님의 마지막 가는 길에서도 고결한 마음은 그대로 결행되었다. 편히 누워 갈 관棺 하나도 마다하고, 고삭 상삼 한 벌 걸친 것으로 만족했다. 한 세대를 살다 간 스님의 생애, 생전에 타 종교까지 아우르는 성聖의 참뜻을 실천하였다. 그래서 종교를 떠나 사람마다 애도했다.

　내가 이 글을 쓰면서 스님의 법명도 밝히지 않고 글을 쓰는 이유가 있다면, 그것은 오욕의 묵은 때가 덕지덕지 묻어 있는 손끝으로 그분의 고결함에 누가 될 것 같은 마음이기 때문이다. 말로 표현할 수 없고 언어로 번역될 수는 없는, 피상적으로 심해深海를 들여다보는 것이 나의 한계점이다. 하지만 잠시나마 그분의 삶을 이렇게 그려 보았다.

　- 밤은 온 천지를 색칠해도 아침이면 종말 같은 흔적을 지우고 미련 없이 어둠을 거두고 떠난다. 이 세상 떠날 때 장삼 한 벌 걸치고 떠난 사람, 버리고 다시 버리고 비우고 또 비운 사람, 그 이름은 무소유자. 자연에서 죽음을 보고 삶을 위해 삶을 버린 뒷모습. 산이 되어 내 앞에 서 있다. 바다가 되어 가로누워 있다. 언젠가 『무소유』 책장 열고 자연 같은 삶 더듬어 보리. -

　스님의 뒷모습을 보면서 '꽃이 질 때 가장 아름답다.'는 말을 다시 한 번 떠올려 보는 것이다.

골목 안 풍경

밤이 깊었다.

잠에서 깨어나 창문을 열었다. 창밖엔 함박눈이 내리고 있다. 호젓한 가로등 불빛 따라 더 많은 눈이 내린다. 동심을 부추기는 눈, 언제 보아도 마음이 포근해진다.

창문을 닫고 자리에 누웠다. 발걸음 소리가 들린다. 보드득보드득 눈 밟는 소리가 들린다. 희미한 그림자처럼 지나간다. 이 한밤중에 무슨 사연이 있기에 혼자 발자국을 만들고 있는 것일까. 성에 낀 유리창에 백야라고 써 놓을 만큼 잠이 오지 않는다.

대학을 나오고 취업이 안 되어 방황하던 젊은 시절, 그때도 지금처럼 불면의 날들이 나를 괴롭히곤 했다. 수면유도제를 먹으면 손발은 모두 다 잠이 들었는데도, 머리는 잠이 오기는커녕 오히려 눈망울이 더 말똥거린다. 아침에 일어나 길을 나서면 수면마취로 길의 높낮이가 구별되지 않아 헛발을 내딛던 때가 한두 번이 아니었다.

오늘 밤도 깊은 잠을 기대하기는 어려울 듯싶다. 불빛 따라 내리는 함박눈 송이가 눈 속에 박혀, 눈이 눈 감기를 거부하고 있는 것이다. 밤의 정적을 타고 내리는 하얀 눈송이와 상념의 눈망울, 또 다른 백야를 만들어 내고 있다.

아직 잠들지 못하고 있는 것은 나만이 아니었다. 건너편 이층집 모퉁이 작은방 불빛과 그리고 가로등 불빛이 이 한밤을 달래고 있다.

어디선가 고요를 깨고 들려오는 소리에 귀가 번쩍 뜨인다. 내 귀를 의심해 보지만 다시 한 번 또렷하게 들려온다. 오랫동안 잊었던 추억의 목소리이다. 시린 밤을 더 차갑게 들려오던 목소리.

"찹쌀떡, 메밀묵. 찹쌀떡이나 메―밀―묵 사려."

육칠십 년대 밤을 장식하던 삶의 목소리가 창문을 타고 들려오는 것이 아닌가. 세월을 잊었던 정겨운 목소리이다.

문득 대학시절이 떠오른다. 연탄불도 꺼진 자취방 이불 속에서 자라목을 한 채 군침만 삼키며 들어 보던 그 소리가 고요를 타고 들려오는 것이 아닌가. 찹쌀떡 살 돈은 고사하고 저녁 끼니마저 거른 날은 찹쌀떡 장수의 목소리가 그렇게 처량할 수가 없었다. 삶을 위한 밤의 메아리, 요즘도 찹쌀떡 장수가 있나 싶어 다시 귀를 쫑긋 세워 보지만 "찹쌀떡, 메밀묵 사려." 하는 소리는 다시 들리지 않는다. 무엇을 잃어버린 사람처럼 허전함이 밀려온다. 추억의 소리가 스쳐 간 창문을 바라보다가 허탈한 사람처럼 자리에서 일어나 문을 활짝 열었다. 온 세상이 눈 속에 빠져 있을 뿐, 찹쌀떡 장수는 보이지 않는다. 고독의 이마를 적시는 골목길은 온통 망각의 고요로 떨어져 있다. 어둠의 빛깔 잃은 하얀 밤. 나를 압도한다. '찹—쌀—떡, 메—밀—묵.' 하는 밤의 언어가 시공을 초극한 소리 앞에 백야의 시간을 내주고 말았다.

이제는 밤참을 즐기는 것도 세월 따라 바뀌었다. 겨울밤을 장식하던 생활의 목소리도 세월에 묻혀 갔다. 초어스름까지 왁자지껄 떠들며 놀던 아이들의 골목도 휑하니 비어 있다. 어쩌다 길 잃은 바람이 찾아와 쉬어 가는 골목길, 가끔 야식을 배달하는 오토바이 굉음만이 스쳐 갈 뿐이다.

세월 따라 그렇게 골목 안 풍경도 바뀌어 가나 보다.

모놀로그

오늘도 독무대에 선다.

언제나 독백의 그늘에는 길 잃은 문장들이 난무한다. 잿빛 하늘에 가려진 푸르디푸른 가을 하늘을 만날까 하고, 자판을 두들겨 보지만 결과는 언제나 기대를 반감한다.

어쩌다 밤의 정적에 이입하여 한 편을 쓰고는 다음 날 읽어 보면, 추억담을 늘어놓거나 푸념 섞인 문장을 보면서 곤욕스런 마음만 도사린다. 생각과 손끝의 엇박자에서 '이번 작품만은 그림보다 틀이 화려한 글은 쓰지 말아야지. 숟가락으로 국수를 먹는 글은 쓰지 말아야지.' 몇 번이고 다짐해 보지만 결과는 기대와 달랐다. 요설과 어순이 뒤바뀐 도치된 문장을 볼 때마다 나의 글쓰기 한계를 느끼곤 한다.

중국의 후스湖適 박사는 '낡고 비합리적인 문장 여덟 가지'를 들었다. 이 여덟 가지를 컴퓨터 옆에 붙여 놓고는 '이런 글은 쓰지 말아야지.' 맘먹는다. 하지만 글을 쓰다 보면 먹었던 마음은 간데

없고, 먹어도 굶어 죽는 사람처럼, 실제에서 압도당하고 만다. 그 몇 가지를 추려 보았다.

'언어만 있고 사물이 없는 글을 쓰지 말라.'

글을 쓰다 보면 관념의 유희에 빠져 허우적대는 경우가 있다. 제재題材의 주관적 가치를 표현하려는 틀에서 벗어나야 하는데, 좋은 글을 써야겠다는 강박관념은 언제나 욕심을 부추긴다. 모호한 욕심의 한계성에서 벗어나기는커녕 관념연합은 언제나 나의 글의 핵심을 흐리게 했다. 씨 뿌리지 않는 농사나 사물 없는 글이 무엇이 다르리. 나의 가슴을 쓰리게 하는 말로 되살아난다.

'병 없이 신음하는 글을 쓰지 말라.'

허세를 부리거나 헛기침하는 글을 쓰지 말라는 말이다. 이런 글은 읽는 사람에게 거부감을 준다. 자기과시, 자기도취는 결코 좋은 글이 될 수 없음을 이야기하고 있다. 언어의 남발은 변죽만 울리고 핵심을 잃어버린다는 것이다. 몇 번이고 이 말을 읽어 보지만, 나의 글 속에는 늘 병 없이 신음하는 소리가 들린다. 언제쯤이면 고질병의 신음 소리에서 벗어날지, 기다리는 시간만 아쉬워진다.

'허황된 미사여구를 자주 쓰지 말라.'

글을 잘 써야 되겠다는 마음만 앞서다 보면, 누구나 미사여구에 혹하기 마련이다. 남성들이 미인을 보면 마음이 동하는 것처럼, 여인이 액세서리를 보면 손이 먼저 가는 것처럼, 마음의 동요는

늘 있기 마련이다. 미에 대한 지나친 동경도 때로는 악재가 될 수 있다. 여인도 아름다워지려고 액세서리를 많이 착용하다 보면, 아름다움이 반감된다. 글도 이러한 이치를 반증해 주고 있다.

'고인古人의 말을 자주 인용한 글을 쓰지 말라.'

이 말을 읽고서, 문득 내가 발간했던 책에는 과연 전고典故나 고인古人의 말을 얼마나 인용했는지 궁금했다. 책을 펼쳐 들었다. 대충 읽으며 세어 봤다. 책을 절반도 넘기기 전에 20회가 넘어서자 책을 덮어 버렸다.

삽입문을 지나치게 많이 하는 것은 본문을 흐리게 한다는 말이다. 잡다하게 문장을 늘어놓기보다는 언어의 압축을 강조하고 있다. 언어의 표현에도 경제학이 필요하다는 말이다. 언어의 남발은 인플레를 낳는다. 결국 표현을 흐리게 한다는 것이다. 접속사의 남발도 매한가지이다. 그리고, 그러나, 또한, 등 까닭 없는 접속사로 문장을 이어간다. 마치 교통 체증이 심한 도로에서 끼어들기를 보면 짜증이 나고 무질서를 실감하는 것과 같다. 교통에서는 체감하면서도 문장에선 관용하는 자세는 알다가도 모를 일이다.

요즘엔 퓨전수필을 많이 읽는 편이다. 전보문의 압축처럼, 농축액의 진국 같은 글을 맛보기 위해서이다. 글에서 압축은 농부가 잡초를 뽑는 일이나 마찬가지이다. 김을 매고, 과원에 가지치기를 하는 것처럼, 글에서 잡초 제거와 가지치기는 예사로운 일이 아니다.

예전에 과수원을 처음 시작할 때이다. 봄에 전정을 하려고 '전정기법'이라는 책을 열심히 읽었다. 다음 날 농장에 나가 밀감나무 앞에 섰다. 책대로 되어 있는 나무가 하나도 없었다. 가위를 어디에 댈 것인지 아리송했다. 어느 것이 결과모지이고 맹아지인지, 분간이 서지 않았다. 내 방식대로 전정을 했다. 봄이 무르익자 귤향이 묻어나는 꽃이 피어야 할 터인데, 꽃 대신 가지만 무성히 자랐다. 꽃이 없으니 가을의 소출도 적었다. 다음 해 봄에는 가난한 가을을 맞지 않기 위해 전정하는 일에서 이선으로 물러나고 말았다.

글에서 군더더기를 가려내는 것이나 나무에서 전정하는 기법은 어찌 그리 닮았는지. 전정을 잘못하면 일 년이 가난하지만, 한 번 잘못된 작품이 세상에 나오면 평생 열매 없는 나무로 남는다. 겨우 전정을 알 만할 때가 돼서야 과원을 그만두었다. 이제 글쓰기도 어렴풋이나마 알 만했으니, '이제'라는 부사를 떠올려 볼 때도 있다.

요즘 들어 문학 동아리에서 작품 발표를 열심히 듣는다. 모놀로그의 탈피를 위해서이다. 작품을 발표하고 평가, 토론하다 보면 내가 아닌 다른 사람의 손에 의해 김매기가 되고, 전정이 된다. 모놀로그 현상에서 다이얼로그의 무대로 옮기는 것만으로도 나에게는 지식이 아닌 인식을 위한 심상의 도야 과정이었다.

엊그제 등단한 후배가 자기의 작품을 과감히 노출시킨다. 자기 작품에 대한 평가 없이는 발전이 없음을 잘 알기 때문에 스스럼 없이 평가받는다. 그 속에서 누구나 쓰는 글이 아니라 누군가 쓴 글로 변모해 가는 모습을 보면서, 물오리의 발놀림을 연상해 보았다.

오리가 물 위를 유유자적하는 모습을 보고 있노라면 마음도 안온해진다. 그만치 물살을 가르며 유영하는 모습이 여유롭게 보인다. 겉으로 보기에는 여유와 한가함이 묻어나지만, 물속에서는 수 없는 발놀림으로 몸을 지탱한다. 쉼 없는 발놀림이 없다면, 물살을 가르는 일도, 한가로운 여유도, 묻어나지 않는다.

모든 이치가 그러하듯이, 밖으로 드러나지 않는 고뇌와 근심의 밤을 사랑한 자만이 얻을 수 있는 기쁨이 여기에 있음을 본다.

교통 체증

출근 시간이 지났는데도 교통 체증이 심하다.

신호등 앞에 길게 늘어선 자동차의 행렬, 어쩐지 짜증이 난다. 어디 도로만 그러할까. 요즘 들어 내 몸 안의 도로망도 날로 체증이 늘어 감을 느낀다. 그래서 오늘 종합검진을 받으러 병원으로 가는 길이다.

병원에 도착했다. 접수창구에도 순번을 기다리는 사람들로 만원을 이루고 있다. 내가 앉아 있는 앞쪽의 창구에서 한 여인이 무엇인가 통사정을 하고 있다. 좀 봐 달라는 듯이 애원하듯 이야기하지만, 안 된다는 표정이었다. 속 내용은 알 수 없으나, 두 사람 사이의 부탁과 거절의 대화처럼 보였다. 뒤돌아서는 여인의 모습은 어쩐지 쓸쓸하다 못해 처연하게 보였다. 여인이 물러나가자 언뜻 떠오르는 것이 있었다.

어느 여름날이었다. 우리 집에서 조금 떨어진 곳에 살고 있는 두 아이는 낚시를 하러 갔다. 한 아이가 입질하는 고기를 낚으려고 세차게 낚싯대를 휘두르다가, 그만 자기 입술을 꿰고 말았다. 옆에 있던 아이가 이빨로 낚싯줄을 끊고, 황급히 약방을 찾아갔다. 약방 주인은 아이를 보자 "돈은 가지고 왔어?"라고 묻더니 안으로 들어가 버렸다. 두 아이는 약방을 나왔다.

낚시하러 가지 말라는 어머니의 만류에도 담 넘어 도망치듯 나온 터라 집에 갈 수도, 그렇다고 가만히 있을 수도 없는 노릇이었다. 두 아이는 궁리 끝에 들판에 나가기로 했다. 밀려오는 아픔을 참고, 들판에 나가 지네를 잡았다. 그때만 해도 지네를 잡아 팔면 제법 짭짤한 용돈이 생기곤 했다.

두 아이는 들녘을 누비며 돌을 일구고 지네를 잡았다. 지네를 판 돈을 들고 약방을 찾아가 낚시를 빼내었다. 이 소문이 동리에 퍼지자 약방 주인을 나무라는 소리가 여기저기서 터져 나왔다. 약방 주인의 말로는 낚시를 자를 펜치를 가지러 안으로 들어간 사이 아이가 없더라는 것이다. "참 아프겠구나. 조금만 기다려라." 해 놓고 안으로 들어갔으면 구설수에 오르지 않았을 터인데, 말한마디 없이 안으로 들어간 것이 화근이 되었다. 어떤 사람은 '그럴 리가 있나?' 부정하는가 하면, 어떤 이는 '약값도 외상 안 주는 사람인데 그러고도 남을 위인이지.'라는 말들이 한여름을 뜨겁게 달구었다.

외적 상처야 아물면 그만이지만 마음에 각인된 상처는 오래도록 지워지지 않는다. 평생을 두고도 잊지 못할 상처로 남는다.

지루하게 기다리던 내 차례가 되었다. 심전도 검사에서부터 내시경까지, 여러 가지 검사를 했다. 최종 결과는 일주일 후에 알 수 있다며, '나이가 들면 누구에게나 찾아오는 현상이지만 복합 대사 증후군에 신경을 써야 한다.'고 신신당부하는 것이었다.

병원을 나섰다. 병원으로 올 때와는 달리 자동차 행렬이 매끄럽게 내달린다. 하지만 내 몸 안의 교통 체증, 누구를 탓할 것도 없다. 내 스스로 매연 내뿜는 낡은 자동차가 되었으니까. 그래도 쓸 수 있을 때까지 살살 다독이며 끌고 다녀야 할 것이 아닌가.

희미한 가로등 불빛 같은 시력, 겨울 전깃줄에 바람소리를 내는 귀, 봄날 물안개 사라지듯 떠나가는 기억력, 이 모두 다 시간의 궤적 따라 찾아온 세월이 주고 간 선물인 것을 낸들 어쩌랴.

'곱게 타는 저녁노을'을 그 누가 하루를 타다 남은 시간이라 했던가. 타다 남은 하루를 곱게 물들이고픈 마음이야 누구에겐들 없으랴만, 나의 기대와는 달리 자꾸 늘어만 가는 마음과 생태리듬과의 괴리는 조증躁症처럼 찾아들곤 한다.

'더도 말고 덜도 말고 미수米壽까지는 삶을 다독여야지.' 하고 생의 기대치를 정해 보기도 한다. 오래 사는 것이 중요한 것이 아니라 건강하게 살다 가는 것이 더 중요하다는 말이 새롭게 다가온다. 아마도 죽음 뒤에 찾아드는 절망보다는 살아서 죽음보다 그리운 것이 되고 싶기 때문이 아닐까 싶다.

지금 이 시간 교통의 흐름처럼 내 혈류도 막힘없이 원활하기를 기대해 본다. 기대와 소망에 반감해 가는 교통 체증, 날이 갈수록 자꾸 늘어만 가는 자동차의 행렬이, 마치 내 혈류를 타고 흐르는 노폐물처럼 다가온다.

차를 운전하면서 얼마 전에 서울에 사는 종제의 음성이 떠오른다. "요즘 건강이 어떤가?" 하고 물었더니 "아픈 것도 아니고, 그렇다고 안 아픈 것도 아니"라고 대답했다. 아픈 것도, 안 아픈 것도 아닌 몸의 상태, 짐작이 가고도 남는다. 오늘따라 그 음성이 자꾸만 여운처럼 찾아든다.

배고픈 다리

우리 동네에는 다리가 세 개 있다.

삼오교와 오라교 사이에 교각이 없는 다리가 있다. 비가 와서 냇물이 불어나면 건널 수 없는 다리이다. 사람들은 이 다리를 '배고픈 다리'라 부른다. 마치 배가 고픈 사람에 비유하여 붙여진 이름이다. '건널목 다리'나 '굽은 다리'라 하지 않고 '배고픈 다리'라고 이름한 것만 보아도 배고픔을 경험한 사람들이 붙여 놓은 해학諧謔이 묻어나는 이름이다.

'예전에는 배가 고파 풀뿌리 죽을 끓여 먹었다.'는 할머니 말에 무슨 말인가 하는 손자의 입장에서 보면 '하필이면 배고픈 다리냐?'고 할는지 모르나, 가난을 겪어 보지 않은 아이들에겐 굶주림이란 동화 같은 이야기일 수도 있다.

지난해 여름 방학이 되자 서울서 손자 둘이 내려왔다. 오랜만에 만나는 손자라서 무엇이든 사 주고 싶은 마음에서 할머니가 "오늘은 무엇을 먹을까?" 하고 묻자, 두 놈 합창이라도 하듯 "햄버거.”하고 손을 드는 것이었다. 어느 집이나 아이들은 마찬가지이지만 그만치 서양 음식에 아이들 입맛이 길들여졌다.

가난이 무엇이고 배고픔이 어떤 것인지 모르는 손자들을 볼 때마다 격세지감을 느끼곤 한다. 우리들이 어렸을 때는 팽이치기, 자치기가 놀이기구의 전부였다. 모두 자연에서 얻은 것들뿐이다. 그런데 요즘 아이들의 장난감은 하나같이 문명의 이기들뿐이다.

푸성귀 꿀꿀이죽도 제대로 먹지 못하는 아이들이 많았던 그 시절, 양푼에 밥 퍼 놓고 서로 다투어 먹다 보면 밥 속 터널이 무너져 싸우고 웃음 짓던 일이 어디 한두 번이던가.

어느 날은 미군이 던져 놓은 초콜릿 박스에서 껌 한 통을 주워 왔다. 아이들 수가 너무 많아 반쪽씩 나누어 씹었다. 잠잘 때 버리기 아까워 벽에 붙여 두었다가 다음 날도 또 다음 날도 씹었던 경험은 비단 나 혼자만의 비밀은 아닐 것이다. 지금도 그때를 생각하면 입가에 아련한 미소가 번져 난다.

어디 배고픈 것뿐이랴, 겨울옷은 고사하고 내의 대신 여름옷을 속에 입고 한겨울도 추운 줄 모르고 지내던 일이 엊그제 같은데 이제는 내의를 입어도 덜덜 떠는 나이가 되었다.

세월의 뒤안길에 묻어 두었던 추억을 곱씹노라면 가난이 덕지덕지 묻어난, 그 시절이 그리워질 때가 있다. 가난이 그리워서가 아니라 추억이 그리워서이다.

‘관 뚜껑이 닫힐 때까지는 문명인은 노예 상태에서 나고 자라고 죽는다.'는 말에서 때로는 형식과 속박에서 벗어나고 싶을 때가 있다. 어쩌면 식상한 현실의 삶을 탈출하고픈 마음의 발로인지도 모른다.

늘 타고 다니던 자동차도 내팽개치고 혼자 조용한 오솔길 밟으며 흙냄새 솔향기 맡아 보고 싶어지는 것은 비단 나만의 생각이 아니라, 보리밥과 햄버거의 충돌 시대에 사는 사람이라면 누구나 갖는 마음이다.

근거리도 자동차로 다니다 보니 발을 사용할 근력을 점점 잃어 가고 있다. 입으로는 건강을 외치면서 손과 발을 묶어 놓은 웰빙은 아닌지 나 스스로 묻고 싶어진다.

비만하지 않으려거든 가난해야 한다. 입이 가난하고, 눈이 가난하고, 욕심이 가난해야 건강을 지킬 수 있다. 이러한 신념을 종교처럼 믿고 싶어진다. 어쩌면 이것이 건강 비법일 수도 있다. 문명 앞에 무방비로 내던져진 우리들의 삶, 하지만 문명은 역시 노력의 산물이다.

예전에 배고픈 다리는 이제는 교각이 두 개나 놓여 있는 배부른 다리가 되었다. 하지만 사람들은 이 다리를 지금도 '제2삼오교'라 하지 않고 '배고픈 다리'라 부른다.

편견

사람은 누구나 편견을 가지고 있다.

아파트나 사무실을 오르내리다 보면 4층은 없고 5층으로 표지되어 있는 곳들이 있다. 사四와 사死의 동음에서 오는 편견이 만들어놓은 현상이다.

나는 0에서 9까지의 숫자 중에서 8이라는 숫자에 친근감을 느낀다. 그래서 새 주소의 우리 집 번지에는 어떤 숫자가 부여될까 궁금했었는데, 어느 날 대문 기둥에 '공설로7길 7-7'이라는 주소가 부여되었다. 7자가 셋이라서 주소 외우기는 쉽다. 어떤 이는 멋진 주소를 받았다고 하지만 8이라는 숫자보다는 친밀감이 덜 간다.

8자를 좋아하는 이유를 묻는다면, 글자를 거꾸로 놓아도, 바로 세워도 모양에 변함이 없으니까. 넘어져도 일어나는 오뚝이 인생이기를 바라는 마음에서라고나 할까, 특별한 이유는 없다.

우연의 일치인지는 모르나 문학과 관련된 것들은 모두 다 8자가 들어가 있다. 수필로 등단한 해가 98년이고 시 신인상 받은 것은 08년이다. 세 권의 수필집 제목도 역시 여덟 글자이다. 첫 번째 수필집은『산처럼 살고 싶었네』, 두 번째는『겨울 기다리는 나무』, 이번에 출판하는 세 번째 수필집 역시 여덟 글자이다. 우연의 일치일 수도 있으나, 어쩌면 편견이 낳은 결과이기도 하다.

팔자八字 하면 먼저 생각나는 것이 사주팔자이다. 생년, 생월, 생일, 생시라는 인생의 4개의 기둥의 글자가 여덟 글자라서 붙여진 이름 사주팔자. 그것은 삶의 모든 것이 정해져 있다는 운명론으로 귀결되기도 한다. 사람의 운명은 태어날 때부터 모두 정해져 있다는 것이다. 다만 삶의 앞날을 모르는 일이라서 믿기도 그렇고, 안 믿기도 그렇다. 예정조화설로 치부置簿하기에는 삶이 너무나 무겁다.

사람이 태어나서 죽을 때까지 이 여덟 글자 속에 살고 있는지도 모른다. 삶을 살아가는 동안 경험하는 일이나 사건들 모두 이 여덟 글자 안에 있다. 년, 월, 일, 시. 슬픔도 기쁨도 몇이라는 시공時空에 머물러 있다.

사람은 누구나 죽음을 두려워한다. 죽음이 두려워서가 아니라 죽음이 갖는 편견 때문이다. 태어난다는 것은 이때부터 죽음을 향해 한 걸음씩 다가서고 있다는 것임을 잊어버리고, 오래 살 것이라는 막연한 생각에 사로잡힌다. 그래서 요즘 임종체험관이 인기를 끌고 있다. 수의를 입고 관 속으로 들어가 관 뚜껑을 닫는 순간, 예전의 마음은 간데없고 회한이 엄습해 오더라는 것이다. 삶과 죽음의 교차점, 이때처럼 인간이 순수해질 때는 없다는 체험자의 말을 듣는 순간 삶에 대한 편견이 무너진다.

어느 날 나는 꿈속에서 임종을 맞이했다. 자식들이 통곡한다. 문상객이 찾아와 애도한다. 통곡하고 애도하는 것도 잠시뿐이었다. 며칠이 지나자 자식들은 언제 통곡했느냐는 듯 시시덕거리며 살아간다. 애도하던 친척도 그때뿐이었다. 친척이나 친구들이야 그렇다 치고 자식 놈들까지 까맣게 잊고 있었다. 내가 소중히 간직해 오던 책들도 하루아침에 클린하우스에 가 있었다. 화가 치밀었다. 더욱 가관인 것은 내 제삿날 증손자들과 해외여행을 떠나는 모습을 보는 순간, 화내기보다는 슬픔의 눈물을 한없이 쏟아 내었다. 육신과 영혼이 분리된 나로서는 눈물이 유일한 길이었다. 가슴을 쥐어뜯으며 탄식해도, 그게 무슨 소용이란 말인가. 팔자려니 체념하기에는 너무 가슴 아팠다. 아프기보다는 가슴이 무너졌다. 죽어서도 팔자타령이었다.

육신에 묻어나는 욕심. '많은 것에 욕심내는 사람은 많은 것을 필요로 한다.'더니 내가 그 모습이다. 평생 소중히 여겨온 책이라고 해서 자식들도 소중히 여기리라는 생각은 한낱 편견이었다. 기대와 욕심에 함몰되어 살아온 지난날들을 지켜볼 뿐이었다.

삶과 죽음 사이에 자유인이 된다는 것은 죽음을 준비한 사람만이 향유할 수 있는 최선의 가치였다. 어쩌면 유기체 내의 상대적

박탈감에 함몰되어 얼마 없으면 삶이 나로부터 떠난다는 현상조차 잊어버리고 살아온 날들이었다.

꿈에서 깨어났다. 정말 내가 살아 있는 것인가, 살을 꼬집어 보았다. 아픔이 느껴진다. 현상을 인지하는 것을 보면 살아 있는 것이 분명한데 꿈속의 현상에서 좀처럼 벗어나지 못하고 한참을 헤맸다.

언젠가는 찾아올 현상을 담담히 받아들일 수 있다면, 이보다 자유로운 영혼이 어디 있을까. 하지만 초자연의 관념이 없는 나에게는 공포와 두려움이 될 수밖에 없었다. 죽음에서 깨어났다는 것만으로도 안도의 한숨을 쉬어 보았다.

꿈속에서 나의 죽음을 보았다. 내 삶을 지배해 온 편견은 무지의 지식임을 보았다. 내 관점에서 바라보는 시야의 한계를 모든 이의 한계로 받아들인 소치가 얼마나 삭막한 편견인가를 새삼 곱씹는다.

여백과 여유

책상 앞 벽면에 걸려 있는 족자를 본다. 산수절경을 그려놓은 수묵화이다. 동양화에서만 만날 수 있는 멋이 있다. 여백과 여유의 미美이다.

여백이란 그림이나 글을 쓰고 난 후 남은 자리거나, 집을 짓고 난 후 주위에 남은 땅을 이르는 말이다. 비어 있음으로 인하여 전체를 아름답게 해주는 매력이 있다. 채우지 않아 미적 감각을 느낄 수 있는 공간을 두고 하는 말이다.

너그럽고 남음이 있는 마음, 덤비지 않고 너그럽게 판단하는 마음을 여유라 한다. 두 어휘 속에는 그리워하는 마음이 숨겨져 있다. 삶의 여백을 찾는 일이나, 여유로운 태도를 바라는 것들은 모두 다 바람이고 기대이다.

예전에 고향이 충북 제천인 친구가 자기 집에 가기로 약속을 하고는 터미널에서 만나기로 한다. 약속시간이 되었는데도 보이지 않는다. 버스 출발시간이 다 되서야 어슬렁거리며 걸어오는 것이 아닌가.

"버스시간이 다 돼서야 이제 오면 어떡해?" 언짢은 어투로 핀잔을 주어도 미안하다는 표정은 오간데 없고 싱긋이 웃으며 말을 건넨다.

"자네 세상에서 가장 험상궂은 얼굴이 어떤 얼굴인지 아나?" 뜬금없는 질문에 "그거야 성낸 얼굴이지." 냉랭한 어투다. 그 친구는 '아니라고' 강하게 부정을 한다. "성낸 얼굴이야 화가 풀리면 제자리로 돌아오지만, 평생 성낸 얼굴로 살고 있는 악어가 있지."

버스가 떠나가는데도 버스를 탈 생각은 안하고 엉뚱한 소리만 늘어놓는다. '자네 얼굴이 악어의 얼굴이 되었다'며 능청스럽게 웃는다. 발길로 정강이를 걷어차려는데 "악어 앞에 한번 물리면 잘 낫지 않거든." 하며 얼른 피한다. "집에 안 내려갈 거야?" 채근하자, '다음 버스로' 느긋한 대답이다.

이를 두고 마음의 여유라 해야 할지, 생활의 여백이라 해야 할지 분간이 서지 않는다. 시험 성적이 잘 안 나와도 '다음에'라는 말을 입버릇처럼 한다. 부정보다는 언제나 긍정을 앞세우던 친구이다. 그래서인지 장가도 다섯 살 위인 연상의 여자와 결혼 한다. 왜 하필 연상의 여자냐고 물었더니, 어머니가 어렸을 때 일찍 돌아가셨기 때문에 어머니같이 포근한 느낌이 들어 연상의 여자와 결혼했다고 한다. 본인 선택이니 나로서는 더 할 말을 잃는다. 여유나 여백이란 말을 들으면 먼저 그 친구의 얼굴이 떠오르곤 한다.

나는 그 친구와 정반대이다. 여행을 떠날 때도 가기 전날 밤에 모든 준비를 완료하고 가방을 챙겨두어야 마음이 편안해진다. 덤비지 않고, 좀 마음을 너그럽게 해야지 마음속으로 다짐하다가도, 때가 되면 다짐은 간데없고 서두르기 일쑤다. 여유보다는 성급한 마음이 앞선다. 요즘 나이가 들어서인지 예전보다는 신중한 면이 보이기도 한다.

연륜이 쌓이면 남을 배려하는 마음도, 관용의 멋도 있어야 할 터인데 맘속으로 다잡아 보지만, 뒤돌아서면 배려와 관용은 간데없고 초점 잃은 시선만 난무한다. 어쩌면 이것이 나의 자화상인지도 모른다.

문장 속에서 쉼표(,) 하나가 여유를 찾는 것처럼, 해녀가 깊은 바닷속에서 숨을 참았다가 물 위로 나와 내뱉는 휘파람 소리 같은, 낼 숨의 여유를 갖고 싶어질 때가 있다.

생활이 풍족하다고, 삶이 한가하다고, 모두 다 여유가 묻어나는 것이 아니다. 내 맘에 패어 있는 골짜기에 그믐밤 달빛이라도 채울 수 있는 마음의 여유가 더 소중하게 다가설 때가 있다.

책상 앞에 걸려 있는 동양화, 보면 볼수록 여유로움이 묻어난다. 모자라는 것 같으면서도 채워져 있고, 넘쳐 나는 것 같으면서도 어우러진 여백의 멋.

내 삶에도 수묵화처럼 여유와 여백을 그려 놓고 싶어진다.

할머니와 손녀의 대화

어느 날 잠이 오지 않아 책장을 열었다.

요즘 들어 잠을 설치는 시간이 부쩍 늘었다. 아마 나이를 더해 가는 자괴심인지, 계절이 남겨 놓은 감성인지는 알 수 없으나, 백야의 시간이 길어진 것은 분명하다.

책장을 넘기다 그림 한 점에 시선을 멈추었다. 어느 시골 풍경이다. 할머니와 손녀가 툇마루에 손 맞잡고 앉아 있다. 마당엔 닭들이 모이를 줍고, 기둥엔 옥수수가 걸려 있는 전형적인 농촌 풍경이다.

그림 속의 대화, 할머니와 손녀가 무슨 이야기를 정답게 나누고 있는 것일까. 예나 지금이나 할머니와 손녀의 대화는 늘 그렇게 다정다감하다. 어쩐지 포근한 마음도 든다. 귀를 쫑긋 세우고 무슨 이야기를 하고 있나 들어 보자.

"할머니."

"왜?"

"할머니께 물어볼 말이 있는데, 거짓말 말고 솔직하게 이야기해 줘."

"그래, 솔직하게 이야기할게."

"할머니도 첫사랑 해 봤어? 첫사랑 말이야."

할머니는 머뭇거리다 먼 하늘을 보며 입을 연다.

"첫사랑이란 비밀 아닌 비밀인 거야. 죽고 싶을 만큼 잊어야 하는 것이 첫사랑이지."

"할머니는 첫사랑이 어떤 때 생각나?"

"글쎄 어떤 때 생각날까. 비 오는 날이면 빗방울 속에서 떠오르기도 하고, 베개 밑을 파고드는 낙숫물 소리에 문득 생각나기도 하고, 꽃잎처럼 떨어지는 눈송이 속에서도, 해변의 하얀 모래밭에 두 사람이 걸어간 발자국을 보면 가슴에 묻어둔 세월이 달려와 가슴을 헤매곤 하지."

"그리고 또요?"

또랑또랑한 눈망울로 이야기를 재촉한다.

"지는 낙엽에서 고독을 곱씹노라면 문득 스쳐 가는 영상처럼 찾아들 때도 있고, 흘러가는 구름을 보다가 생각나기도 하지."

"할머니는 할아버지보다 그 사람을 더 사랑했나 봐, 할머니 미워."

"아니야, 할아버지를 더 사랑했지. 그래서 너도 생겨난 거야."

토라진 손녀를 달래기 위해 맞잡은 손처럼 보인다.

첫사랑이란 멈춰선 시간 위로 살며시 다가서는 발걸음 소리, 끝내 지워 버릴 수 없는 세월이 남겨 놓은 무지개이다. 때로는 고독의 뒤안길에 스쳐 가는 얼굴로, 세월의 무게를 딛고 살며시 돋아나는 사연은 누구나 지니고 산다.

아름답고 즐거웠던 일보다 아프고 슬픈 사연일수록 진홍빛 추억으로 다가서는 것처럼, 가슴을 열고 토해 내고 싶지만 결국 함구하는 사연들, 어디 한두 점 마음에 두지 않는 사람 있을까. 떨리는 손으로 불태워 버린, 숱한 사연의 편지가 허공의 연기로 사라진 줄 알았는데, 불타던 종이 냄새가 코끝에 다가서는 것은 어인 일일까.

할머니 이야기를 손녀가 이해할 리 없지만, 강물에 손 담가도 물이 흐름을 못 느끼듯, 시간은 그렇게 흘러가겠지. 손녀도 언젠가는 할머니 되어 먼 옛날 같은 추억을 곱씹으며 할머니의 첫사랑 이야기를 다시 들려주겠지.

오늘도 멈춰선 시간 위로 할머니와 손녀는 진종일 도란도란 이야기를 하고 있었다.

상념의 모자이크

호주 땅을 밟은 지 4일 째 되던 날, 론파인 공원을 찾았다.

론파인 공원은 브리즈번에서 남서쪽에 떨어진, '코알라 보호구역'으로 유명한 곳이다.

이 공원에는 코알라 외에도 캥거루, 웜뱃, 에뮤 등 호주 특유의 야생동물을 만날 수 있다. 특히 코알라는 호주인의 여유로운 생활을 닮았는지, 잠자고 있는 모습도 천태만상이었다.

공원을 한 바퀴 둘러보고 코알라 먹이인 유칼립투스의 숲길을 막 나섰다. 앞서가던 아내가 '엇!' 하며 머리를 쓰다듬었다. 새가 배설물을 떨어뜨리고 날아간 것이다. 옆에 있던 막내가 새똥을 닦아내었다. 아내는 닦아낸 새똥을 보며 "웬, 검은 새똥이야?"라며 언짢은 표정을 지었다. 왜 하필이면 그 시간에 날아가며 실례를 했을까. 우연의 일치라는 말이 이를 두고 하는 말 같다.

예로부터 새의 배설물이 머리나 어깨에 떨어지면 좋지 않는 일이 생긴다는 속설이 있다. '흰색이면 상복을 입고, 검은빛은 병을 얻고, 푸른빛이면 화급한 일을 당한다.'고 했다. 아내도 그 속설을 믿는 눈치였다.

여행 중에는 사소한 일에도 신경이 쓰이고, 스트레스를 받는다. 낯선 지역에 대한 경이감驚異感, 문화의 차이에서 오는 이질감은 가는 곳마다 늘 상존하기 마련이다.

어느 지방이나 사람이 사는 곳에는 속설이 있다. 한 세대가 살고 간 삶의 과정에서 만들어진 경험의 축적이자, 생활의 지혜로 남아 있다. '무지개가 자주 뜨는 곳에는 금광이 있다.'는 서양의 속설이나 '산 목에 구름이 잠기면 비가 온다.' '떼구름이 산정을 둘러싸면 바람이 분다.'는 제주의 속설도 있다. 터무니없는 말 같지만, 그 속엔 생활의 모습이 담겨져 있다.

호주로 떠나는 비행기 안에서부터, 나는 어쩐지 속이 좋지 않아 소화제를 먹곤 했다. 그래도 별 탈 없이 여행을 마치고 돌아왔다. 여행에서 돌아와 닷새째 되는 날이었다. 갑자기 배가 아프고 구역질이 났다. 몇 번을 토해 냈는데도 헛구역질과 신물만 나오는 것이었다. 혹시 저녁 먹은 것이 체했거나, 맹장이 아닐까 싶어 병원 응급실을 찾았다. X선과 다른 몇 가지를 검사해 보고는, 별 이상이 없다는 것이다.

이틀 동안 약을 먹었다. 통증은 없지만 역시 속은 거북했다. 이번에는 동네 내과 의원을 찾았다. X선, 초음파 검사 결과 장에 가스가 차 있다는 진단을 받았다. 4일간의 약을 복용한 후에 다시 오라며 처방전을 내주었다.

약을 먹으며 2일이 지났으나, 복부팽만감은 늘어만 갔다. 다시 내과의원을 찾았다. 여러 가지 검사를 해보더니 "맹장인 것을 오진했다."며, 오늘 중으로 수술을 받아야 하니 빨리 종합병원으로 가 보라는 것이 아닌가.

떠밀리듯 의원을 나와 종합병원에서 검진을 받았다. 맹장이 터져 복수가 차 있으니 빨리 수술을 받아야 한다는 것이다. "이 지경에 이르기까지 뭘 했느냐?"며 수술을 서둘렀다.

수술대 위에 누웠다. "무서워하지 말고 편한 마음으로 있으면 됩니다."라며 주사를 놓는다. 두렵다거나, 무서운 생각도 없다. 마취제가 온몸에 번져 감을 느낀다. 혀가 굳어지면서 몽롱해져 간다. 그 짧은 순간, 아버지의 임종이 언뜻 떠오른다.

위암으로 몇 달을 고생하셨다. 임종이 가까웠는지 평소 손자를 찾지 않던 아버지께서 손자를 보고 싶다는 것이다. 이제는 통증도 멎었다. 급히 달려온 손자의 손을 잡았다. 반가움이랄까, 생의 마지막으로 잡아 보는 정이라고나 할까, 엷은 미소를 지으시더니 숨을 거두셨다. 편안한 임종을 맞았다.

죽음에 대한 공포도, 북소리 치는 고통도, 삶에 대한 연민도 없이 마치 죽음을 배운 사람처럼 눈을 감으시던 아버지 모습이 아른거렸다. 서서히 의식의 저편으로 물들어 갔다. 죽음에 대한 두려움은 산 자의 영혼일 뿐, 도마 위에 놓인 생선의 비린내도, 삶에 대한 의식도 나와는 상관없이, 의사의 칼날에 난도질당하는 것도 모른 채, 시간이 흘렀다.

세 시간 반 동안의 수술을 마치고 눈을 떴다. 수술 전과 다른 것은 포만감은 없는 대신에, 메스 날에 베인 자리가 자꾸만 아려 온다. 주사 대에는 링거와 진통제 병이 걸려 있다. 큼지막하게 빨간 글씨로 쓰인 '금식' 팻말이 수술 후임을 알려 주고 있다.

병실에 누워 천장을 들여다본다. 천장 구석 빛바랜 하얀 도색의 얼룩진 자국을 본다. 마치 이 병상에서 통증을 견디느라 시선이 멈추었던 자국처럼 클로즈업된다.

맹장이 터져 복수가 찼는데도 통증을 못 느끼는 나도 문제이지만, 수술의 기초라는 맹장도 찾아내지 못한 의사도 문제였다. 상황이 이렇다 보니 모든 게 아리송할 뿐이다. 그 속엔 새똥의 속설도 한몫 거들고 있었다.

호주에서 이 상황이 되었으면 어쩌했을까. 생각만 하여도 오싹해진다. 한국의 속설은 한국에 와야 통하는 모양이다. 16일간의 병원 생활. 시간으로 따지면 384시간이다. 일 년을 보내는 날짜와 맞먹는다. 그래도 위안이 되는 것은 아내의 병이 아니라, 내가 병간호를 받았다는 사실이다. 병실에 눕고 보니, 고통받는 건 환자가 아니라 간호하는 사람이었다. 환자의 몇십 배를 인내해야 하니까.

환영幻影이 때로는 현실을 만들어내지 못하는 것처럼, 속실이

곧 현실을 입증할 방법은 없을 테지만, 속설을 맹신하는 것도, 그렇다고 그냥 흘려버리지도 못한다. 생각이 생각을 낳는다더니 부질없는 생각이 병실을 도배하는 것이었다.

하루에도 천리만리 수없이 오가는 상념의 그늘, 병실 생활이 오랠수록 상념의 시간도 깊어만 진다. 이제는 멈추자고 맘먹을수록 브레이크 없는 기관차처럼 생각은 꼬리를 물고 내달린다.

현실을 무너뜨린 망상의 시간을 팔고 나면 통증도 연달아 찾아들고 마음도 피로해진다. 기어오르는 망상을 막는 방법은 책을 통해 생각을 정리하는 길밖에 없었다. 지루한 병상의 시간, 오직 책 속에 시선을 파묻는 것이 최선이었다. 책을 읽다 보면 생각도 모자이크 할 수 있으니까.

제5부

한 해를 벽에 걸고

목가 한 점
물 없는 섬 하나
한 해를 벽에 걸고
달려오는 작은 섬
시간이 자라는 뜨락
보리밥 사연
물에게 길을 묻다
두 사람을 위한 기도
초원의 나라를 가다
캥거루

목각 한 점

초어스름에 대문을 열자 판자 모양의 물건이 놓여 있다.

'선물이면 직접 전달할 터인데, 아무런 연락도 없이 두고 간 물건이라 얼른 뜯어보지도 못한다. 물건의 앞뒤를 살펴보아도 보낸 사람이나 받는 사람의 이름도 없다. 누가 혹시 잘못 배달한 것이 아닌가 하고 한참을 두었다가, 그래도 무엇이 들어 있는지 궁금한 마음에 겉포장을 뜯는다.

옛날 구상나무 문짝 같은 것을 잘 다듬어, 행초서로 '無所有'라고 새긴 목각의 작품이다. 양각의 글씨에는 윤기마저 흐른다. 글씨를 보는 순간 법정 스님의 얼굴이 스쳐 간다. 죽음보다 더 짙은 삶을 살다 간 스님의 전유물처럼 다가온다.

작품의 뒷면에는 받는 사람과 보낸 사람의 이름이 적혀 있다. 무소유에 대한 주석도 쓰여 있다. '무소유라는 말은 아무것도 갖지 않는다는 뜻이 아니라, 마음의 평정을 찾는 중용의 삶을 의미합니다.'라고 쓰여 있다. 대개 선물을 직접 전하지 못할 때는 메모를 남기는 것이 상례常例인데, 작품의 뒷면에 적어 놓은 것도 궁금하지만, 그보다 사자성어도 많은데 하필 '무소유'라는 글자를 골라 작품을 만든 연유가 더 궁금해진다.

옆에 서서 가만히 지켜보던 아내가 입을 연다. "동네에서 당신 보기를 욕심 많은 사람 같아서 무소유라는 선물을 보낸 것 같다."며 낄낄 웃는다. 나도 "그런 것 같아." 하며 소리 없이 웃는다.

선물은 받아서 기분 좋은 것이 있는 반면, 받고서 떫은 감을 씹는 맛을 느끼는 것도 있다. 이 선물이 전자인지 후자인지 명확하지는 않으나 '소중한 작품을 직접 건네주었으면 좋았을걸.' 하는 아쉬움도 마음 한 구석에 남는다.

작품을 서재 벽면에 세워 놓고 한참을 들여다본다. 무소유! 유기체로서의 삶을 위한 삶이 아니라, 삶을 정시正視하라는 말처럼 보인다. 어찌 보면 산다는 것이 죽음보다 더 용기가 필요하다는 사실을 말하는 것 같다. 세상에 태어나 모든 것을 가져도, 잠시 빌려 쓰다 가지고 가는 것 하나 없이 빈손으로 떠난다. 삶과 죽음, 그것은 자기 결합이자 분리라는 생각을 해 보는 것이다.

옛날 중국의 어느 갑부는 내가 죽거든 관 양쪽에 구멍을 뚫고 장사지내러 갈 때 내 손을 관 밖으로 꺼내어 운구해 달라는 유언을 남기고 돌아갔다. 자녀들이 모여 앉아 의논을 하였다. 아무리 유언이라도 돌아가신 아버지 손을 다른 사람들에게 보이며 운구할 수 없다는 아들과 그래도 아버지 유언을 안 지킬 수는 없지 않느냐는 의견이 팽팽히 맞서다가 결국 유언대로 따르기로 했다. 이 광경을 지켜보던 이웃 사람들은 정말 기이한 일이라고 수군거렸다.

이 소문이 성주의 귀까지 들어가자, 성주는 이 말을 곰곰이 생각하다가 무릎을 탁 치며 "정말 귀인(貴人)이로다. 귀인이로다." 라며 감탄의 말을 연발하는 것이었다. 이를 지켜보던 사관(査官)이 연유를 물은 즉, "빈손으로 왔다가 빈손으로 간다는 말이 아닌가!"라고 대답했다.

상해에서 항주로 가는 관광버스 안에서 중국 현지 가이드가 공수래공수거空手來空手去라는 말이 여기에서 유래되었다는 이야기를 들려준 것이다.

소유한다는 것은 존재한다는 것이고, 존재한다는 것은 의식이 머물러 있다는 증거이고 보면, 내 손에 쥔 것이 소유물이 아니라 마음속에서 얻어진 것이, 마지막까지 가지고 갈 수 있는 나의 소유물임을 일깨워 주는 이야기가 아니던가.

글자가 주는 의미도 내 맘을 흔드는데, 어둠을 타고 가을비도 추적추적 내린다. 처마 끝에 떨어지는 빗물 소리도 글자처럼 무겁게 떨어진다. 인생길 한걸음으로 달려온 사람처럼 빗소리에 내 맘도 젖어난다.

어디 욕심 없는 사람 있을까마는 '먹고도 허기를 느낀다.'는 말처럼 탐욕의 그늘에서 벗어나 초연한 삶을 산다는 것이 결코 쉬운 일은 아니다. 요즘 들어 포승줄에 묶이어 호송차에서 오르고 내리는 사람들을 심심치 않게 본다. 모두 욕심이 낳은 결과이다. 이들도 평소 수의를 한 번쯤 입을 양으로 마음을 다잡았다면 결코 영어의 몸은 되지 않았을 터인데….

욕심은 언제나 새로운 호주머니를 만들어낸다. 수의나 상복에는 호주머니가 없다. 떠나는 자의 옷이야 가지고 갈 것이 없으니 호주머니가 필요 없지만, 상주의 옷에도 호주머니를 만들지 않는다. 그 연유는 무엇일까. 아마도 산처럼 쌓여 있는 탐심도 부려 놓고, 잠시나마 자신의 마음을 뒤돌아보라는 선인들의 깊은 뜻이 여기에 담겨 있을 것이다.

내 삶의 진부한 모습을 하나하나 반추해 보노라면, 기억을 통과한 갈등과 이반의 뒤안길에는 화려한 초상화가 아니라 남루한 자화상만 즐비하게 걸려 있을 것 같다. 이제 오를 오른 탐심을 부려 놓을 나이도 되었다. 후덕한 마음으로 늦가을을 갈무리하고 싶으나 그것은 마음뿐, 따라 주지 않는 손만 탓하고 있다.

내 앞에 놓여 있는 '무소유'라는 작품은 세 글자이지만, 지구를 한 바퀴 돌고 온 마음이다. 오늘따라 나도 모르게 쌓아 올린 울타리 너머, 그곳에 있는 나의 모습을 한 번 만나 보고 싶다.

물 없는 섬 하나

글을 쓰다 말고 창밖을 본다. 눈이 내린다. 지난여름 그렇게 무더위가 기승이더니 올겨울은 유난히 춥다. 옛 어른들의 "여름 무더우면 겨울이 춥다."는 말을 실감케 한다. 창밖은 눈이 내리는데 생각은 어느 가을을 더듬는다.

가을 들녘에 앉아 술잔을 건네다 한 친구가 툭 던진 말이 글을 쓸 때마다 가슴에 와닿는다.

"자네도 글쟁이지만 수필가는 많아도 수필은 없어, 어떻게 생각해?" 긍정도 부정도 하지 않고 그저 웃음만 보내며 "자, 내 술잔이나 받지 그래." 술잔을 건네며 무심히 받아들인 그 말, 시간을 헤집고 달려와 내 가슴에 작은 섬을 만들어 놓았다.

'수필 없는 수필가'. 마치 예전에 우리 집 과수원에 이와 비슷한 밀감나무 한 그루가 있었다. 매년 열매를 맺을 생각은 하지 않고 하늘만 보며 자란다. 어느 날 우연히 밀감밭을 거닐다 이상한 것을 발견하였다. 커다란 돌덩이가 나뭇가지 사이에 끼여 있는 것이 아닌가. 이게 어찌된 일인가? 나중에 알고 보니 "나무가 못 견디어야 열매가 달린다."며 끼워 놓은 것이라 했다. 우연인지, 사실인지 그 속내는 알 수 없으나 그 다음 해에는 제법 열매가 달렸다. 고통 뒤에 얻어진 소출이었다.

그 나무를 생각하면서 느껴 보는 것은 고통 없는 상념의 뿌리는 언제나 무성한 잎만 키워낸다는 사실이다. 인고의 세월을 잉태한 결실이야말로 그보다 감미로울 수 없다. '열매 없는 나무'와 '수필 없는 수필가'. 잎만 무성한 유실수와 알맹이 없는 수필과 그 무엇이 다를까. 몇 번을 곱씹어 보아도 취중 한마디는 사실을 씹어낸 소리이다. 내면에 함축된 서정의 목마름을 토해낸 소리였다.

글을 쓸 때마다 찾아드는 작은 섬, 좀처럼 멀어질 기미가 보이지 않는다. 그럴수록 오지도 않은 날을 걱정한다. 그도 그럴 것이 글을 쓴다고 나선 것이 벌써 강산이 한 번 변하고도 남는 시간이 흘렀다.

시간의 궤적을 더듬으면 더듬을수록 허허로움이 짙게 다가선다. 그럴 때마다 마음속으로 느껴 보는 것은 쇠똥 냄새가 물씬 풍기는 토담 벽이 있는 집을 그려 보고 싶어진다. 때로는 짜릿한 맛이 돈아나는 글도 좋고, 내공에 흐르는 범종의 청정淸淨한 소리를 듣고 싶어질 때가 있다. 하지만 결과는 언제나 포말의 가슴을 만들어낸다.

머리에서 생각할 때부터 이미 창작은 시작되었다. 상념의 뿌리는 만나지 못하고 생각과 원고지 사이를 맴돌다 사그라진다. 다시 섬을 끌어안는다. 떠날 줄 모르는 섬 하나, '물 없는 섬'이란 말로 다시 한 번 더듬어 보는 것이다.

깡마른 바람 안고 찾아든 물 마른 섬 하나
바다도 강도 그만 두고 하필 내 가슴인가
마음이 아리고, 노여움이 천둥 쳐도
이제는 체면 접고 자리 깔았다.
미처 깨닫지 못한 꿈,
느린 걸음으로 죽은 시간만 밟는다.
새소리 물소리 찾지 않는 섬에도
햇살 없어도 아침은 온다는 믿음 하나로
오늘을 살고 내일을 줍는다
섬에 물이 오를 때까지.

한 해를 벽에 걸고

한 해의 끝자락에 서면 누구나 시간의 소비를 뒤돌아보게 된다.

무상한 세월 탓인지, 소중한 시간 탓인지는 모르나, 살아온 영혼의 색깔을 더듬어 보노라면, 어딘지 모르게 정월은 오는 시간으로, 섣달은 가는 시간으로만 느껴진다.

가는 시간보다 오는 시간 맞이할 심산으로 새해의 달력을 벽에다 걸어 놓았다. 자리에 누워 달력을 본다. 0에서 9까지 늘어선 숫자들, 내 삶의 유영을 담아낸 미로의 숫자들이다.

즐겁고 행복한 날들도, 잿빛 우울로 마음 무거운 날도, 분명 저 속에 숨겨져 있다. 때로는 입술 깨물며 태어날 눈물방울도 어딘가에 숨겨 둔 날들도 있을 터이다. 하지만 소망처럼 빌어 보는 것은, 떨어지는 햇살 주워 모아 가슴에 불꽃 태우는 날들이 더 많기를 은근히 기대해 본다.

한 달에 세 번 등장하는 무소유의 영0.

점 하나가 내공을 키워내고, 마음을 비워낸 숫자이다. 자기들끼리 수없이 모여 앉아 공론을 해도, 결과는 무기력함을 시인한다. 혼자만으로는 아무것도 할 수 없음을 일찍이 깨우친 터이다. 하지만 마음을 이웃하면 무한한 힘의 저력을 갖고 있다는 사실도 알고 있다. 부운浮雲 같은 탐욕을 부려 놓은 무소유, 인생의 본래 태어날 때 모습으로 돌아가는 것, 그것은 진정 비운 자만이 가질 수 있는 진가라고 속삭인다.

일1, 오직 홀로서기다.

누가 내 삶을 대신 살아 줄까. 마음이 흔들리면 삶도 흔들린다. 그 흔들리는 마음 다잡으라는 묵시의 숫자이다. '홀로 생각하고 홀로 일어서라고….' 그래서 인간은 홀로서기라 했다.

홀로 고독을 되씹으며 올해는 종전과 다른 방향의 글을 써 보리라 마음먹는다. 상념의 날갯짓 찾아 길 떠나고 싶다. 시작은 끝의 단초이고 결미는 새로운 시작임을 일깨워주는 숫자 앞에 새해를 꿈꿔 본다.

이2는 마치 물 위에 떠다니는 백조를 연상케 한다.

고고한 자태로 머리를 쳐들고 물 위를 유유자적하는 한가로움이 있다. 더없는 여유로움이 묻어나는 숫자이다. 하지만 여유로움 뒤에는 수없이 움직이는 물갈퀴의 발놀림이 있다. 사람들은 오직 한가로운 모습에 취하는 편견이 있어, 발놀림은 생각하지 않는다. 성공 뒤에는 숱한 고뇌와 고독의 시간들이 그 얼마나 긴 밤을 색칠했는지 잘 모른다. 외형상 드러내 보이는 여유로움에 도취하고 만다. 물갈퀴의 쉼 없는 발놀림의 흔적을 눈여겨보라는 충고의 한 마디를 던지고 있다.

삼3, 그것은 우리들의 삶이다.

'삶'이란 ㅅ+ㅏ+ㄹ+ㅁ = 사람 = 삶, 오직 인간만이 축적할 수 있는 문화의 향유이다. 그런 삶의 의미를 다시 한 번 생각해 보게 하는 숫자이다. 3은 거꾸로 서나 바로 서나 뒤돌아서도 열린 마음은 변함이 없다. 언제나 개방적이다. 가슴을 열고, 삶의 지혜를 얻으라 한다. 낡은 계절의 옷 벗어던지고, 3월의 푸른 가슴을 열면 신록이 달려와 품에 안긴다. 그런 살맛 나는 한 해가 나를 찾아 주기를 은근히 기대해 본다.

봄을 형상화한 사4를 만나 보자.

4는 새 움이 땅 위로 돋아나는 모습이고, 다시 보면 동서남북 방향의 이정표이다. 봄을 등에 업고 찾아온 계절의 미소, 4월은 봄을 찬미하는 계절이다. 동서남북 어디를 보아도 들은 들대로, 산은 산대로, 계곡은 계곡대로 떠들썩한 소리로 봄을 잔치한다. 그런 숫자도 괄시받을 때가 있다. 아파트나 빌딩을 오르내리다 보면 4층인데도 5층이라 표시된 것을 가끔 본다. 사死와 동음에서 오는 편견이다. 예전엔 4월을 핍월乏月이라 하여 가난한 달로 여겨 왔다. 겨울 양식은 다 떨어지고, 아직 보리는 익지 않은 춘궁기를 뜻하는 말이다. 저 많은 날 중에 4와 같은 편견으로 가슴 아픈 구설수나, 핍월이 없기를 소망해 본다.

오5라는 숫자는 언제 보아도 싱그럽다.

계절의 여왕 하면 5월을 연상하리만치 신록을 찬미한다. 마치 자전거를 타고 생머리 휘날리며 초원을 내달리는 시원함이 묻어난다. 싱그러운 녹색의 그늘을 내달리는 5월의 열정이여, 파란 초원의 웃음소리여, 들녘에 피어나는 꽃봉오리여, 낭만의 옷을 걸친 오름이여, 산허리 밟고 피어나는 구름이여, 하늘을 향해 뛰어라. 야생마의 바람으로 내게로 오라고, 외치고 싶다. 싱그러운 5월을 향해.

육6, 어딘지 모르게 굼틀거리는 움직임이 있다.

어찌 보면 태아의 모습 같은 생명을 잉태한 숫자이다. 하지만 때로는 변덕이 심하여 뒤돌아서면 허리 굽은 신세로 전락해 버리는 변신도 있다. 의식의 존재라는 것은 언제나 변하고 변화에 적응하기 위해 싸운다. 내 마음과 싸우고, 운명과 투쟁한다. 내가 오늘 싸우고 있는 것은 내일이 있기 때문이다. 바라건대 기둥만큼 바란 소망 비록 막대기가 될지라도, 내년을 기다리며 살아가라는 생명의 숫자이다.

칠7처럼 고개 숙이라 한다. 깊게 생각하고 사색하라 한다.

철학자처럼 냉철한 머리로, 시인처럼 따뜻한 가슴으로, 마음을 열라는 메시지가 담겨 있다. 고개 숙인 자는 말이 없다. 말이 많으면 '실없는 사람'이라 한다. 그만치 말 속에 실實이 모두 빠져나갔으니 허만 남을 수밖에. 벼 이삭에게 물어보지 않아도 스스로 고개 숙일 계절의 끝자락에 서 있음을 들여다보라고 충고와 격려도 잊지 않고 있다.

팔8처럼 살라 한다. 시련도 역경도 이겨내라 한다.

내일을 위해 '오뚝이'처럼 살라 한다. 오늘은 실패해도 내일의 태양을 만나기 위해 오늘을 산다. 내일이라는 희망의 밑그림은 오늘에 있음을 이야기하고 있다.

'행복을 곱씹는 자 불행하고, 불행을 추억하는 자 행복해진다.'는 의미도 함축되어 있다. 삶의 가르침도 있지만, 왕고집 늙은이 같은 일면도 지니고 있다. 나이가 들면 아랫사람에게 후해지고, 너그러워지려고 마음먹지만 그것은 생각일 뿐, 철옹벽 같은 아집으로 뭉쳐져 있다. 올해는 제발 포용과 관용의 샘 찾아 어딘가로 훌쩍 길 떠나고 싶어진다.

구9, 머리를 쳐들고 무너지는 마음을 구하라 한다.

머리를 들고 창공에 떠가는 부운浮雲을 보라 한다. 어딘가 묻어난 부끄러운 자국도, 바람 됨을 일깨우는 숫자이다. 때로는 유혹의 뿌리에 발목 잡혀, 부끄러운 모습도 지니고 있다. 앞만 보고 서 있는 1이나, 신명나게 달리는 5처럼 싱싱한 젊은이를 보는 것이 아니라, 어쩐지 어깨 숙인 행렬9999을 보는 듯하다. 어쩌면 저 군중 속에 내 허리 굽은 걸음도 있지 않을까 생각하니 마음이 쓸쓸해진다. 하지만 때로는 고색창연한 나무가 더 멋있게 보일 수도 있다.

걸어 놓은 달력을 보며, 온갖 궁상맞은 생각을 들추어 보았다. 한 해의 끝자락에 서면 이유 없는 아쉬움만 남는다. 한 해가 거듭할수록 아쉬움은 점점 짙어만 간다. 낙엽처럼 쌓여 가는 아쉬움은 계절이 바뀔 때마다 허전한 빈 가슴만 채운다.

아쉬움과 회오悔惡가 뒤범벅된 한 해가 저문다. 묵언의 시詩가 되고, 농축되지 않은 삶의 발현들이 한 해를 끌어안고 있다. 어제의 삶은 오늘이 되고, 오늘은 내일을 위해 퇴장하겠지.

모든 삶의 파편들을 저 달력 속에 남겨 놓고서….

달려오는 작은 섬

기암괴석이 비경을 이룬 바위에서 바다를 바라다본다. 막힐 것 하나 없는 드넓은 바다, 가슴이 확 트인다. 발아래 잠기는 파도 소리는 장단 맞춰 들려온다. 파도가 밋밋한 바위에 부딪치는 소리와 엉 _{파도에 침식된 동굴}의 파도 소리는 사뭇 다르게 들려온다. 마치 북소리 울리듯 들려온다.

빨랫줄 같은 지평선을 바라보던 시선을 가로막는 것이 있다. 하얀 화선지 위에 점 하나 찍어 놓은 듯 떠 있는 작은 섬, 마치 물살을 가르며 달려와 발아래 닿을 것 같은 환상마저 든다.

작은 섬, 무인도 하면 때 묻지 않은 자연의 순수함이 떠오른다. 떠날까 말까, 망설이는 사람처럼 엉거주춤 앉아 있는 모습에서 섬의 멋을 찾는다. 섬은 언제나 외로움의 상징이다. 고독의 증표이다. 어디 물 있는 섬만 그러할까. 물 없는 섬은 더욱 그러하다.

예전에 우리 집에서 얼마 멀지 않은 곳에 종증조모가 살았다. 자식이 없는 할머니는 의지할 곳 없어 하루가 멀다 하고 우리 집에 찾아오곤 했다. 미수米壽가 넘으신 할머니는 지팡이를 짚고 찾아왔다가 집으로 돌아가는 것이 하루의 일과이기도 했다.

한번 오면 좀처럼 자리를 뜰 생각을 안 하신다. 이야기를 시작하면 끝낼 줄 모른다. 이제 이야기가 끝나겠지 하면, 또 다른 화제를 꺼내어 장황하게 늘어놓았다. 언젠가는 긴 이야기에 싫증이 나서 바쁜 일이 있다며 거짓말로 긴 이야기를 가로막은 적이 있다. 젊은 사람들의 마음은 아랑곳하지 않고 할머니는 했던 말을 되풀이했다. 반복되는 이야기에 귀찮은 생각마저 들었다.

언젠가는 증손자뻘인 우리 아들 장가갈 때 주겠다며 버선 속에 돈을 두었으니 내가 죽더라도 돈을 찾아 손주에게 주라고 신신당부하는 것이었다. 끝내 증손주의 장가가는 모습을 못 보고 돌아가셨다.

물 없는 섬, 과연 그 속마음은 어떠할까. 겉으로 드러나지 않은 바다의 풍경처럼 숱한 사념들이 침전되어 있을 터이고 그 잔영의 고독을 달래려 했던 마음을 미처 헤아리지 못했던 것이다.

날마다 찾아드는 상념의 뿌리를 누구에게라도 꺼내 보이고 싶은 푸념 섞인 하소연, 죽음의 두려움보다 뼛속까지 파고드는 고독의 언어, 별빛이 출렁이는 밤보다 물 소리치는 외로움, 소금기 섞인 눈물 자국을 어루만지다 돌아눕는 마음, 어쩌면 이것이 섬의 속내이고, 할머니 마음인지도 모른다.

나는 왜, 할머니 마음을 미처 헤아리지 못했을까. 지나간 뒤에 떠오르는 생각처럼 바보스런 일이 없다더니, 내가 바로 그 격이다. 시간의 발자국을 더듬는 것이나 바위섬의 밑뿌리를 더듬는 것이나 무엇이 다르리.

발아래 잠길 것 같은 섬도 제자리 찾아 떠 있다. 섬이 주는 환상의 메시지도, 할머니께 못다 한 이야기도 일그러진 나의 푸념도 바위섬에 맴돌고 있다.

세상은 변해도 섬은 그 자리를 떠나지 않는다. 천 년을 하루같이 달려와 부서지고 넘어지는 파도의 잔해를 달래고 어루만지는 바위섬, 상념을 어루만지다 돌아눕는 마음, 어쩐지 일맥상통하는 면이 있다. 파도의 뼛가루와 세파라는 말의 의미를 다시 한 번 생각해 본다.

할머니 얼굴을 떠올리면 주름진 얼굴에 인자한 모습으로 예나 지금이나 옛 모습 그대로 찾아든다. 추억의 얼굴들은 늙지 않는다. 내 발밑으로 달려오는 저 작은 섬처럼.

시간이 자라는 뜨락

　우리 집 마당은 나의 유일한 삶의 공간이자 사유思惟의 뜨락이다. 마당이라고 해 보아야 열 평도 안 되는 여백의 땅이지만, 그 안에서 여유와 계절의 변화를 느끼곤 한다. 길가 울타리로 동백, 먼나무, 향나무, 조피나무가 있고 건넌방 창가에 소철이 심어져 있다. 마당 한가운데 잔디는 봄을 제일 먼저 알려주는 전령사이기도 하다.

　시간이 갈수록 점점 마당이 좁아진다. 시간이 자라고 있기 때문이다. 시간이 자라고 있음을 실증해 주는 소철이 있어 나는 가끔 시공간을 넘나들 때가 있다. 나무는 안으로 나이테를 그리며 살지만 소철은 밖으로 나이를 달고 산다. 스쳐 간 시간들의 자국을 그대로 드러내 보인다. 세월의 흔적이라고나 할까, 시간의 발자국을 훤히 드러내 놓고, 시간은 시간을 위해 존재한다는 사실을 이야기한다.

　어느 날 지인과 문상을 하고 돌아오는 길에 세월의 무상함을 이야기하다가, 모든 것들은 오감을 통해 느낄 수 있지만 시간만은 그렇지 못하다는 말에 '강물에 서 보면 시간을 만날 수 있다.'는 것이었다. 알쏭달쏭한 이야기다. 무슨 말인가 하고 재차 물었더니 "강물에 몸 담그면 정지된 몸과 스쳐 가는 물은 현재의 물이 아님을 느낄 때, 시간을 만나는 것이지." 아리송한 말 같지만 정지된 몸을 스치고 지나가는 물은 현재의 물이 아니라 새로운 물인 시간임을 비유적으로 표현한 말이었다.

시간은 물과 같이 스치고 흘러가는 것으로만 생각했는데 마당 앞 소철이 자라는 모습에서 시간은 흘러만 가는 것이 아니라 자라고 있음을 반증해 주는 하나의 실체를 보게 되었다. 창가에 심어 놓은 소철은 예전에 살던 집에서 옮겨온 것이다. 어느새 불혹의 나이가 되었다.

소철은 꽃이 자주 피지 않는다 하여 백 년에 한 번 꽃이 핀다는 속설이 있다. 우리 집 소철은 2년에 한 번꼴로 꽃을 피운다. 꽃이 없는 해에는 끝이 뾰족하게 돋아나고, 둥글게 머리를 내밀고 꽃을 피운다. 꽃을 보는 마음도 흐뭇하지만, 꽃이 필 때마다 집안에 좋은 일이 생기곤 했다. 그래서인지 꽃이 피면 '올해 무슨 좋은 일이 있으려나.' 은근히 기다려진다. 다른 꽃들처럼 화사하게 꽃을 피우는 것도 아니고, 그렇다고 예쁘지도 않다. 바가지 엎어 놓은 것처럼 머리를 내민다.

작년에는 보름달 같은 꽃이 피었다. 어느 해보다 크게 피어난 꽃을 보면서, 올해는 손자의 대학 꿈이 실현되기를 은근히 기대했다. 하지만 결과는 달랐다. 소망스레 피어난 꽃이 남겨 놓은 알밤만 한 빨간 열매, 그 결실 뒤에는 수직으로 낙하하는 빨간 거짓말도 함께 있었다.

꽃을 기다린다는 것은 작은 소망이라도 이루어지기를 바라는 마음이었고, 내일을 더듬는 일이었다. 삶은 기다림이다. 여름이면 가을을, 겨울이면 봄을 기다린다. 연민하는 마음도 기다림이다. 비록 오늘의 허무를 곱씹을지라도 내일의 기다림 속에 삶의 묘미가 있는지도 모른다.

한 해가 지나면 다음 해 봄에는 이파리를 잘라낸다. 그래야 소철 대가 곧게 자란다. 매년 잎을 자를 때마다 지나간 시간을 세어 본다. 흘러간 시간과 앞으로 다가올 시간들, 모두 다 현재의 출발점에 서 있다. 때로는 시공의 괴리를 뛰어넘어 현재에서 아래로 살아온 날들을 세어 보기도 하고, 미래의 시간에서 처마 끝에 다가설 이파리 수를 그려 보기도 한다.

이파리를 자르고 있는 현재의 직관과 기억을 더듬어 낸 과거의 응축된 시간들, 그리고 꽃을 기대하는 미래의 시간들도 모두 다 현재의 예기豫期이고 보면, 모든 것이 출발점은 과거가 아니라 현재임을 실감한다.

반평생을 나와 함께 살아온 소철, 꽃이 있어 즐거웠다. 가경佳境의 순간들도 꽃처럼 피어났다. 기다림의 향수, 소철꽃. 내일을 기다리는 미망未忘의 꽃이 되었다.

　봄이 되었다. 아직은 잎이 돋아날 기미가 보이지 않는다. 올해는 꽃 없는 한 해가 될 것 같다. 겨울의 주권이 물러났는데도 아직은 봄이 지배하지 않는 뜨락, 설익은 잠에서 깨어나지 못했는지 침묵만 흐르고 있다.

　활개 치며 돋아날 시간을 위해….

보리밥 사연

겨울의 추위보다 봄이 더 차가웠다.

아지랑이가 손에 잡힐 듯 아른거리고, 종다리가 하늘을 나는 봄은 가난한 집에 가난을 더 보탠다. 빈부의 차가 도드라지게 드러나는 봄, 가난을 지겹도록 싫어했어도 늘 봄은 찾아왔다. 아마도 초근목피라는 말은 이때를 두고 생겨난 가난의 대명사이다.

요즘엔 봄이 되어 들에 나서면 울긋불긋한 옷차림과 갖가지 음식들이 넘쳐난다. 어느 곳이나 상춘객들이 버리고 간 음식물들, 더욱이 클린하우스에는 음식물 쓰레기로 몸살을 앓고 있는 걸 보면 격세지감을 느낀다. 보릿고개를 넘어 본 자만이 느낄 수 있는 또 하나의 감정이다.

보릿고개, 이 말은 한자로 맥령麥嶺이라고 한다. 무슨 태산준령 같은 어감을 지니고 있다. 지난해 곡식은 다 떨어지고 아직 보리는 여물지 않아 먹을 것이 없는 춘궁기를 일컫는 말이다. 지금 생각해 보면 생활은 어려워도 넘쳐나는 인정미는 늘 추억 속에 남는다.

예전엔 쌀밥을 제주어로 곤밥이라 했다. 얼마나 귀했으면 곤밥
고운 밥이라 했을까. 명절이나 제사 때 먹을 수 있었던 고운 밥을
먹으려고 잠을 설쳤던 때가 한두 번이 아니었다. 친족 집에 잔치
가 있으면 신랑이나 신부의 퇴물 음식을 얻어먹으려고 문에 매달
려 기다리던 때가 엊그제같이 다가선다. 그렇게 먹고 싶던 곤밥도
식상한 나머지 보리밥이 그리워질 때도 있다.

어렸을 때 한문 학당에 다닌 적이 있다. 천자문, 동몽선습, 명심
보감을 마치고 대학을 읽으려다 그만두었다. 그때 배운 한문 실력
으로 평생을 지탱하고 있는 셈이다.

우리가 다니던 학당은 본채이고, 아래채에는 시집가서 얼마 안
되는 젊은 새댁이 살고 있었다. 도시락을 못 가지고 간 어느 날,
물이라도 먹으려고 아래채 부엌에 들어갔다. 물 한 대접을 마시고
뒤돌아서려다 무쇠솥을 보니, 밥 생각이 나서 솥뚜껑을 열었다.
구수한 보리밥 냄새, 침을 꿀꺽 삼켰다. 마당에 있던 아이들을 불
렀다. "우리 밥 같이 먹자."는 말에 "선생님 알면 죽으려고 그러느
냐."며 한 아이는 나가고 나머지 놈들이 보리밥 한 솥을 모두 해치
웠다. 밥을 먹지 않고 나가 버린 아이의 입단속을 해 놓았지만, 남
은 것은 새댁인 아줌마가 문제였다. 집에 돌아와 밥이 없어진 것
을 보면 학당 놈들의 소행이라는 것을 알 터인데, 아줌마의 입을
막을 방법이 없었다. 선생님이 알면 무조건 모르는 일이라고 잡아

떼려고, 마음을 다져 보지만 양심은 속일 수 없어 가슴은 콩닥거렸다.

아줌마가 김매러 갔다가 돌아왔다. 입으로는 소리 내어 책을 읽으면서도, 마음과 눈길은 마당을 살피느라 바빴다. 아줌마가 마당에 나섰다. 발길을 학당으로 돌릴 것만 같아 가슴 조이는데, 해녀 도구를 들고 밖으로 나가는 것이 아닌가. 안도의 한숨을 내쉬었다. 책을 읽어도 읽는 것이 아니었다.

다음 날 아침, 학당 가는 발길이 왜 그렇게 무거운지, 조심스레 학당에 들어섰다. 어제 저녁때 선생님께 일러바쳤으면 불호령이 떨어졌을 터인데, 선생님 표정을 아무리 살펴보아도 예전과 다름없었다. 책을 읽다가 동정을 살피느라 선생님 얼굴을 힐끔힐끔 쳐다보았다. "책은 읽지 않고 정신을 어데 두고 있어?" 카랑카랑한 목소리에 깜짝 놀라 목소리를 높여 책을 읽었다. 잘못한 일이 생기면 종아리를 사정없이 내리친다. 그것이 예전의 훈육 방법이었다.

한참 후에야 안 일이다. 김매고 돌아와 점심을 먹으려고 밥솥을 열고 보니, 분명 아침에 해 두었던 밥이 없어졌다. 당장 달려가 선생님께 일러바치고 싶지만 '어린 것들이 얼마나 배가 고팠으면 밥을 먹었을까.' 하는 마음에 점심은 굶고 물질하러 바다로 갔다는 것이다.

어제 같은 이야기인데 벌써 칠십 년이란 시간이 흘렀다. 지금

가만히 생각해 보아도 그때처럼 가슴 조였던 일은 일찍이 없었다. 도둑질하고도 눈 깜작 않는 사람들도 있다는데, 어린 시절 나는 새가슴이었나 보다. 보리밥 한술에 마음 조였으니까.

그때 젊은 아줌마가 지금은 호칭이 바뀌었다. 보리밥 누님으로 통한다. 선생님께 고자질했다면 우리는 큰 벌을 받았을 터이고, 고마운 마음보다 오히려 미움이 남았을 것이다. 고마운 것은 허기를 달래준 보리밥이 아니었다. 속내 깊은 보리밥 누님의 마음이었다.

세월은 흘러도 맘속에 흐르는 강물의 소리를 듣노라면 마음도 안온해진다. 회억의 물보라가 눈앞에 아른거린다. 늙을수록 추억에 산다는 말을 새삼 되새겨 본다.

물에게 길을 묻다

산이 흘린 눈물방울 모이고 또 모여 길을 나섰다.

길 막히면 돌아서 가고, 빈 웅덩이 만나면 기다림의 여유를 심는다.

거만하면 넘쳐나고, 오만하면 막힌다는 산의 언어가 길섶에 자라고 있다.

걷는 길이 지루하거든 옹색한 가슴을 열고, 떠나는 바람 밟고 서서 흐르는 조각구름 안아 보노라면, 우울한 하늘빛도 거두어 간다네.

기다리며 산다는 것은 내일이 있다는 증거이다. 삶의 이야기이다.

내일, 또 내일을 기다리며 사는 것이지. 사는 게 별것인가, 그래저래 살다 보면 한평생 가는 것이지.

살다 보면 갖고 싶은 것도 많고, 하고 싶은 일도 많지만, 이룬 날보다 못 이룬 날을 위해 속울음 하면서도 오늘을 사는 것이지.

기쁜 날보다 괴로운 날들이 짙게 다가서는 마음의 괴리, 연일 사흘만 비 내리어도, 한 달포 내내 비만 오는 계절처럼 느끼듯이, 즐거운 날들은 1분이 되고, 괴로운 날들은 시간으로 되살아난다.

인생길 고단하다고, 갈 길이 멀다고, 한숨짓지 마라. 한숨 뒤에 찾아드는 것은 절망의 넋두리와 빈약한 마음만 남는다.

험준한 산길 걸어 보지 않고, 낭떠러지 폭포수가 되어 보지 않고서 흐름을 논하지 마라. 그저 강줄기의 아름다운 풍경만 투시하는 눈으로는 산길의 험준함을, 폭포수의 아찔한 마음을 어찌 알리.

한쪽 눈을 감고 보는 시력의 한계를 극복하려거든, 죽어서 천년의 세월을 안아 보니, 살아서 1년이 더 소중함을 느낄 때 흐름의 낭만도, 아픈 상처도 보게 되겠지.

눈 달린 발이야 한밤인들 길 못 찾을까. 관능적으로 표현할 수 없는 흐름의 길 뒤에는 미지의 생명을 위한 또 하나의 영혼이 있다.

누군가를 위해 계절은 흔들리고, 흐름의 시간은 물 위를 달린다.

인고의 시간들의 발현을 위해 대양의 그늘을 밟고 서서, 지난날을 쓸어 담는다. 생성生成의 소리를 듣는다.

멀고도 먼 긴 여정을 밟고 왔노라고.

두 사람을 위한 기도

겨울바람 등진 어느 봄날,

한평생 맹세한 두 사람 앞에 섰다. 어떤 말로 이들을 축복해 줄 것인가, 어떤 언어로 이들을 축하해 줄 것인가?

망설이다 토해낸 말은 '결혼은 적당한 짝을 찾는 것이 아니라, 적당한 짝이 되어 살아가는 것'이라고.

적당한 짝이 된다는 것은,

푸른 계절을 맘속에 가꾸고, 거짓말까지도 신뢰할 수 있어야 그것이 진정한 사랑이라네.

사랑하며 산다는 것은,

두 가슴을 하나로 합치는 일이라서 흘러간 시간과 살아갈 날들을 포개어 새로운 영혼을 갈무리하는 것.

신랑 '경승' 그 이름처럼

먼 훗날 신부의 가슴에 품어온 날들이 아직도 아름다운 경승지로 남아있는지 시집오기 전 다이아몬드인 딸이 유리그릇이 되지 않았는지를 뒤돌아보렴.

신부 '아름' 그 이름처럼

너와 내가 함께한 날들을 그리워할 만큼, 혀의 도정(道程)은 짧았는지 뒤뜰의 꿈나무는 얼마나 자랐는지, 거기엔 분명 기쁨도 행복도 한 아름 안기고 있을 테니까.

짝이 되어 산다는 것은

마음에 삶의 무늬를 새겨 놓는 일이라서, 때로는 낯선 바람에 길을 잃기도 하고,

때론 파도의 심장을 끌어안은 날들도 있겠지. 그것이 모두 다 삶이라네.

습기 찬 가슴에 눈물의 홀씨가 자라나거든, 시간의 강물에 맘 헹구고 구름가지에 널어놓게나. 거기엔 분명 삶의 지혜가 있을 터이니.

남들이 사는 것을 넘보지 마시게. 남의 삶을 내 삶에 비유하지 마시게. 내 삶은 남의 생명이 아니니까.

한 평생을 같이 산다는 것은

지친 날개 쉬어갈 둥지를 만드는 것

사랑의 작은 둥지를….

　　　　　　　　　　- 어느 날 주례사를 발췌하여 이 글을 쓰다.-

초원의 나라를 가다

적도를 지나 여행을 떠나 보기는 이번이 처음이다.

인천국제공항 3층 출국장에서 아시아나 비행기에 몸을 실었다. 12월의 첫날, 한 해의 끝자락에서 떠나는 여행이라 마음이 설레기도 한다. 누구나 여행은 설레게 하는 마력이 있다.

항공기 안은 다국적 사람들의 모임 같았다. 대화를 나누는 것으로 보아 한국 사람이 많아 보였고, 외국인 중에는 중국 사람도 있다. 내 옆에는 젊은 부부가 앉아 정답게 이야기를 나눈다. 알고 보니 5박 7일간의 패키지여행을 떠나는 우리 일행이었다.

비행기를 탈 때부터 속이 좋지 않아 소화제를 먹었더니 그만 잠이 들고 말았다. 깨어나고 보니 내 앞의 메모지에는 '잠들고 있어 식사를 못 드리니 필요하면 부르라.'는 내용이었다.

10시간의 비행 끝에 시드니 하늘에 다다랐다. 밝아오는 아침 햇살이 초여름의 열기를 품고 동쪽 하늘을 물들이고 있다. 날이 밝아오자 넓은 초원이 한눈에 들어온다. 호주의 제일 도시인 시드니 공항에는 8시 20분에 내렸다. 우리나라와는 1시간의 차이지만, 서머타임으로 2시간이 차이가 났다.

공항 검색대에 도착했다. 검색원이 나를 불러 세우더니 의아한 눈빛으로 옆으로 서라는 것이다. 검색견을 데리고 와서 냄새를 맡아 보게 했다. 그래도 수상쩍은지 몸을 수색하다가 손목시계를 보고는 미리 꺼내 놓지 않아 여러 번 검색하게 되었다며 미안하다고 한다. 여러 번 검색을 받고 나오는 나에게 옆에서 지켜보던 아내가 '당신이 마약이나 소지한 사람같이 보여 여러 번 검색한 것 같다.'며 낄낄 웃는다. 나도 같이 웃었다.

우리 일행은 현지 가이드 안내로 블루마운틴으로 출발했다. 1시간 정도 달리는 차창 풍경, 모래 위에서나 자랄 법한 나무들이 즐비한 거리를 달린다. 집들은 대개 나지막했다. 체구는 큰데 왜 집은 저렇게 낮을까 하는 의구심도 들었다. 지붕은 대부분 빨간색이거나 회색 지붕이 많았다. 잔디를 가꾸어 놓은 마당이 보이고 나무로 울타리를 한 집들도 보였다. 한가롭고 여유로움이 묻어난다. 자동차의 경적이나 끼어드는 차들도 없다. 지나가는 차들 중에는 가끔 현대차도 보인다. 국내에서 느끼지 못하는 반가움도 스쳐 간다.

호주의 그랜드캐넌이라 불리는 블루마운틴에 도착했다. 5억 년 전에 형성되었다는 이곳은 호주의 국립공원으로 유네스코 세계자연유산으로 등재된 곳이기도 하다. 울창한 수목과 기암협곡으로 둘러싸여 장관을 이루고 있다. 이곳에 서면 한눈에 들어오는 것이 있다. 제일 명소로 꼽는 세자매봉이다. 우리는 에코 포인트인 이곳을 배경으로 사진을 찍었다. 사진 속에 담겨진 비경이 더 아름다웠다.

눈앞에 펼쳐지는 자연의 위대함, 그 누구도 거역할 수 없는 장엄함이 대지를 덮고 있다. 산이 아니라 하늘이고, 숲이 아니라 창해滄海이다. 좁은 가슴으로 담아내기에는 너무나 벅찬 감동이었다. 나라가 크면 자연의 크기도 비례하듯이 장엄이란 이런 곳을 두고 하는 말인 것 같다. 바다 위에 서 있는 마음이고, 하늘을 걷는 느낌이었다.

트리시스터 레스토랑에서 점심 식사를 하고는 네일즈웨이로 출발했다. 250미터의 수직 절벽을 오르내리는 관광열차는 기네스 북에도 오를 만치 유명한 곳이다. 가파른 절벽 주변으로 펼쳐진 풍광은, 비록 3분간이지만 3시간을 두고도 못 볼 풍경들이 스쳐갔다. 숲속에 내려서자 열대우림들이 하늘을 가리고 있다. 세월을 머금은 벤자민 나무들도 그 자태를 드러내 놓았다.

관광열차가 오려면 10여 분이 남았다. 한국 사람은 어디를 가나 여흥을 즐긴다. 덩실덩실 춤을 추는 놀이마당이 벌어졌다. 외국인들도 같이 춤을 춘다. 강남스타일이 시드니에서 공연된 후였다. 코리아 하면 두 손을 모아 말 타는 시늉을 하는 걸 보면 그 인기는 대단했다.

내일은 시드니 항구로 떠나는 날이다. 가이드로부터 내일 세계 3대 미항인 시드니 항과 오페라 하우스를 관광할 예정이라고 들었다. 한국인 식당에서 저녁식사를 하고 호텔로 향했다.

길거리에는 징글벨 소리가 들린다. 겨울에만 들어보던 크리스마스 캐럴송, 여름에 들어보는 캐럴송은 언뜻 이해가 가지 않는다. 겨울에만 들어보던 징글벨 소리가 여름에는 어울리지 않는 음악처럼 느껴진다. 이방인의 귀에는 설익은 소리로만 들려왔다.

호텔에서 샤워를 하고 나니 졸음이 쏟아진다. 모녀는 이야기를 하고 있는데, 나는 잠자리에 들었다. 눈꺼풀이 저절로 내려온다. 모처럼 찾아온 시드니의 밤, 이국의 야경과 서정을 느끼지 못하는 아쉬움도 졸음 앞에는 어쩔 수 없었다.

잠을 자면서도 블루마운틴의 풍광을 더듬는다. 산이 아니라 녹색의 하늘이었다. 그 장엄함이 영화의 스크린처럼 지나간다. 잠 앞에는 아름다운 경치도, 장엄한 멋도 이길 수 없다. 모두 꿈속에 빠져들고 말았다.

캥거루

브리즈번에서 1박한 다음 날 논파일 공원을 찾았다. 이 공원은 호주 특유의 야생 동물을 보호하는 구역이다. 특히 코알라 보호 구역으로 유명한 곳이다.

코알라 구역에 이르렀을 때 모두 잠에 빠져 있고, 유독 한 마리만이 나뭇가지에 앉아 우리를 지켜보고 있다. 이곳을 지나 캥거루 서식지인 초원에 이르렀다. 캥거루들이 여기저기서 놀고 있다.

캥거루는 국가문장國家紋章으로도 사용하고 있는 것을 보면, 호주를 상징하는 동물이기도 하다. 가이드의 말로는 큰 것은 2미터가 넘는 것들도 있고, 작은 것은 토끼만 한 것들도 있다고 했다. 이 공원에 있는 것은 서부회색빛 캥거루들이라 한다.

우리나라는 낙엽이 지고 겨울이 문턱인데, 여기는 신록이 우거진 늦봄에서 초여름으로 접어드는 길목이다. 그런데도 무척 덥다. 날씨 탓인지 캥거루들도 대부분 나무 밑에서 쉬고 있다.

캥거루들이 쉬고 있는 나무 밑으로 갔다. 가까이 다가가도 사람을 피하는 기색이 없다. 이렇게 가까이서 캥거루를 보기는 처음이다. 서 있는 것과 앉아 있는 것들을 번갈아 쳐다보았다. 아무리 보아도 동물 중에서 이보다 균형 잃은 동물은 없을 듯 보였다. 노루도 앞 뒤 다리가 균형 잃은 동물 중 하나지만, 캥거루와는 비길 바가 아니었다. 노루는 오름은 잘 오르지만 내리막에는 고역을 치른다. 캥거루는 이보다 더 심할 것같이 보인다.

캥거루는 앞다리는 짧고, 뒷다리는 길어서 잘 뛰기는 하지만, 꼬리가 길어 뒷걸음은 못한다고 한다. 암컷은 아랫배에 육아낭育兒囊인 주머니를 차고 있다. 얼마나 큰가 하고 자세히 보았다. 생각보다 그리 크지 않을 것같이 보였다. 가까이 다가가서 어루만져 보았다. 사람들이 왕래가 많아서인지, 무척 유순했다. 만져도 거부하는 기색이 없다. 캥거루를 두고 사진도 찍었다. 어진 캥거루도 육아 주머니에 손을 넣으려 하자 앞발로 내 손을 가로막았다. 등을 쓰다듬고 어루만지는 것까지는 허용되어도 새끼가 자라던 주머니는 그 누구도 만질 수 없는 금단의 구역임을 분명히 했다.

주머니에 앉아 젖을 먹을 수 있으니 이보다 편한 일이 어디 있는가. 나이가 들어도 생활력이 없어 부모와 같이 사는 사람들을 캥거루족이라 한다. 주머니에 앉아 젖을 먹는 캥거루를 닮았다 하여 붙여 놓은 폄하의 말이다. 이런 말이 듣기 싫으면 독립하라는 격려의 말인지는 모르나, 결코 듣기 좋은 말은 아니다.

캥거루는 자궁이 없어 임신 기간이 짧다고 했다. 짧으면 30일, 길어야 37일 정도라고 한다. 임신 기간이 짧으니 새끼를 보호하기 위한 방편으로 조물주가 배려한 주머니가 아닐까 싶다. 주머니 속에 앉아 4개의 젖을 빨며 자란다. 그만치 새끼를 보호하는 모성애가 강한 동물이다.

캥거루는 1년이 지나면 주머니 생활에서 떨어져 독립한다고 한다. 독립한다는 말은 자생력이 있다는 말이다. 일정 기간이 되면 어미로부터 배척받는다. 이 정도 키웠으니 너대로 살아가라고 과감히 밀쳐낸다. 동물에게는 자모慈母의 정보다는 용모勇母의 의지가 대단한 것 같다.

예전에 우리 집에 검은 암소가 있었다. 새끼가 어느 정도 자라자 젖 먹으려는 새끼를 뒷발로 차 버린다. 몇 번을 시도해 보다가 냉정한 어미의 태도를 알았는지, 다시는 젖을 먹으려 하지 않았다. 옆에 가까이 오면 혀로 핥아 주며 사랑은 해도, 젖을 주는 것만은 단호히 거부했다. 어린 마음에 "검정 소야, 새끼 젖 좀 주-어." 안타까운 마음으로 젖을 주라고 종용해 보지만, 검정 소는 젖주는 것에는 냉정 했다. 독립해서 너대로 살아가라는 용모의 지혜라고나 할까.

동물에게 과보호라는 용어는 통하지 않는다. 때가 되면 냉정하게 밀쳐낸다. 과보호는 사람들만이 가질 수 있는 인정의 샘이다. 그 샘물 때문에 결국 캥거루족을 만드는 것이 아닌지.

오늘도 글을 쓰다 말고 캥거루 사진을 본다. 캥거루의 육아 주머니는 사람으로 치면 인큐베이터와 같이 보였다. 아무리 지켜보아도 신기하기만 했다. 주머니 속에서 살짝 고개만 내민 새끼 캥거루의 귀여운 모습을 휴대폰에 담지 못한 아쉬움만 남는다.

제6부

삶의 뒤안길

사려니 숲길
쑥부쟁이
개버못
올레길 제ㅅ코스를 가다
웅장해서 바라보던 한라산
감씹는 소
삶의 뒤안길
자연의 눈과 예술의 입
한 잎에 또 하나의 허
세월의 빈 보퉁아

사려니 숲길

    가을의 소리로 가득한 숲길을 걷는다.

    숲길은 마치 연인들의 데이트 코스처럼 젊은이들이 숲길을 즐기고 있다. 숲길에 묻어나는 정취보다는 수다에 열중하는 아낙들도 지나간다. 곧게 뻗은 숲길은 산길이라기보다는 길옆으로 숲만 없으면 마치 옛날 신작로 길을 걷는 것 같다.

    조금 걷노라니 비탈진 길에 이르렀다. 빗물에 길이 패지 않게 시멘트로 잘 포장해 놓았다. 그 길을 보는 순간 '인간의 손이 닿은 곳은 이미 자연이 아니다.'라는 말이 생각난다. 화폭에 담을 자연미의 소재나, 시의 제목에서 멀어진 숲길에는 오직 결과만이 존재할 뿐이었다.

    얼마를 걸었을까, 길가에 아담하게 꾸며진 쉼터가 있다. 쉼터에 앉아 숲속을 살펴본다. 어디선가 날아온 낙엽 하나가 고사리 이파리 위에 내려앉아 있다. 빨간 단풍잎과 초록빛 고사리, 빨강과 초록이 그렇게 잘 어울릴 수가 없다. 아름다운 색조를 휴대폰에 담았다. 어쩌다 휴대폰 갤러리에서 색조의 아름다움을 볼 때면 사려니 숲, 가을을 떠올려 보곤 한다.

우리보다 십여 미터 앞에 노부부가 천천히 걸어가고 있다. 할머니가 절뚝거리며 걷는 것으로 보아 다리가 몹시 불편한 모양이다. 할머니 걸음에 맞춰 할아버지도 느린 걸음으로 걷는다. 한평생, 늘 그렇게 맞춰 가며 살아온 부부처럼 보인다. 얼마를 걷다가 할아버지가 할머니를 부축하고 돌 위에 정성스레 앉힌다. 우리가 노부부 앞에 이르렀다. 아내가 말을 꺼낸다.

"걷기가 매우 힘드신가 봐요? 힘드시면 되돌아가시지요." 하는 말에 할아버지는 "아니요, 아들 내외가 앞서갔으니 우리도 따라가야지요." 할멈이 관절을 수술했는데 좀처럼 낫지 않아 걸음이 불편하다고 했다. 관절만 수술한 게 아니라 느슨해진 애정까지 수술했는지 그렇게 정다울 수가 없다.

우리가 앞에 가겠다고 인사를 하고는 길을 걷는다. 어쩌나 할아버지가 할머니를 극진히 돌보는지, 말로 다 하고 언어로 표현할 수 없을 만큼 정성과 다정함이 묻어났다. 노부부의 인생 계절이 숲길과 함께 묻어나 있다.

가을의 끝자락에 선 노부부, 그리고 곱게 물든 단풍잎, 발길을 옮길 때마다 사각사각 소리 내는 빨간 송이길, 바람결에 허공을 맴돌다 떨어지는 낙엽들, 하늘을 향해 빈손 내민 나뭇가지, 그 사이로 흘러가는 조각구름, 저질로 사색의 소리를 끌어안고 싶어진다. 과연 나의 가을은 어떤 모습일까. 이런저런 사념思念에 사로잡혀 있는데 아내가 내 옆구리를 찌르는 한마디.

"당신도 저 할아버지처럼 나에게 반만이라도 한번 해 봐요."라고 내뱉는다. 나는 할 말을 잃고 씩 웃었다. 아내의 말에 부정할 여지가 없으니까, 그저 웃을 수밖에….

나에게 향하던 화살이 제주 남성에게 번진다. '제주 남자들은 육지 남자들에 비해 자기 아내를 하대한다.'며 뭇 제주 남성을 싸잡아 성토하는 것이 아닌가. 마침 이때 냇가 홍예교가 눈에 띈다. 다리 위에서 사진 한 장 찍고 나서야 쏟아지는 화살을 피할 수 있었다.

삼나무 숲길로 이어지는 곳에 이르자 아내가 무릎이 시근거린다며 되돌아가자고 했다. 평소에도 관절이 좋지 않은 터라, 발길을 돌렸다. 노부부가 앉아 있던 자리에 이르렀다. 노부부는 보이지 않고, 낙엽이 그 자리를 대신하고 있다. 아마 아들 내외가 되돌아오면서 모시고 간 모양이다.

삶의 편린片鱗도 내려놓고 아들 따라 떠나온 여정이지만, 끝내 몸이 마음을 따라 주지 못하고 되돌아갔다. 노부부와 낙엽, 어쩐지 가을의 소리가 이 노부부를 통해 더 짙게 다가서는 것 같다.

얼마쯤 내려오다 노부부가 앉았던 자리를 뒤돌아보았다. 어쩐지 무엇을 잃어버린 사람처럼 뒤로 시선이 이끌린다. "뭘 자꾸 뒤돌아보느냐."는 아내의 말에 대꾸도 하지 않고 뒤처져 걸었다. 산길에 가벼워야 할 발걸음이 더없이 무겁다. 원행에서 오는 지친 발걸음도 아니다. 숲길처럼 한 번 지나갔던 길을, 다시 걸을 수 없는 인생의 길을, 다시 걸을 수만 있다면 얼마나 좋을까. 두 길이 나에게 주는 중압감이 발걸음을 더 무겁게 했는지도 모른다.

두고 온 것은 발자국뿐인데, 무엇을 두고 온 사람처럼 자꾸만 뒤돌아보는 것은 웬일일까.

쑥부쟁이

지난 추석 다음 날 문학기행으로 우도를 찾았다.

태풍이 연달아 세 번이나 스쳐 간 섬은 온통 소금기가 묻어나 있다. 들에 있는 풀잎은 물론이고, 소나무 잎들도 해풍에 못 이겨 누렇게 변색되어 있다.

탑다니탑 올레길을 걷는다. 길가 바위틈에 하얗게 피어 있는 꽃이 한눈에 띈다. 태풍이 휩쓸고 간 자리에 꽃이 피어나다니 '무슨 꽃이기에 그 난리를 겪고도 피어나 있을까?' 가까이 다가섰다. 쑥부쟁이 꽃이다. 들에 나서면 지천으로 피어나는 꽃이지만, 바닷가에선 참으로 오랜만에 만나 보는 꽃이다. 아마도 갯바위 틈에 피어났다 하여 갯쑥부쟁이라 부르는 모양이다.

쑥부쟁이는 국화과에 속하는 다년초 근경식물이다. 메마른 땅에서도 새 움을 밀어내고 초가을부터 꽃이 핀다. 척박한 환경에서도 자력으로 피워낸 꽃, 보면 볼수록 새로이 태어난 영혼이 물들어 있다.

파란 잎이라고는 볼 수 없는 갯가에서 탐스럽게 피어난 꽃을 본다는 것은 마치, 예기치 않는 곳에서 옛 동무를 만난 기분이다. '하필이면 그 많은 들과 산을 두고, 이 갯바위에 생명줄을 묻었을까.' 아마도 꽃을 피우기까지 많은 고뇌와 망설임의 날들을 보내었을 테지. 어쩌면 사람에게 운명이나 숙명이 있듯, 이 꽃에도 숙명적 요인으로 이곳에 생명줄을 묻었는지도 모른다. 자연에도 우리네 삶이 있다. 시련과 고난을 겪으면서도 어제를 탓하지 않고, 오늘에 꽃을 피워 낸 모습은 마치 어느 여인의 삶을 닮았다.

이 여인의 아버지는 일본으로 건너가 일본 여자와 결혼을 하고 살았다. 그녀는 할머니 손에서 자라 중학교를 졸업하고 일본으로 갔다. '아버지를 찾아가면 고등학교를 다닐 수 있겠지.' 하는 막연한 희망으로 일본 땅을 밟았다. 하지만 일본 땅을 밟는 순간부터 희망은 좌절되고 말았다. 일본 어머니가 낳은 동생을 돌보는 일과 허드렛일로 나날을 보내었다. '내년에는 학교에 보내 주겠지.' 하는 바람은 허망한 꿈이 되고, 5년 만에 귀국을 했다.

뒤늦게 방송통신고등학교에 입학을 했고, 대학을 꿈꾸었다. 다른 친구들은 시집갈 나이에 예비고사를 보고, 대학에 입학했다. 대학을 졸업하고 취직도 하고, 결혼도 했다. 그러나 결혼 생활도 오래가지 못하고 파행의 길을 걸어야만 했다. 그래도 위안이 되는 것은 딸아이가 자라는 모습이었다. 그러던 어느 날, 그녀에게 운명의 여신이 찾아온 것이다. 딸마저 홀연히 세상을 떠나고 말았다.

그녀는 세상을 포기하려 했다. 그러던 차에 어느 날 직장 상사에 인도되어 독실한 기독교인이 되었다. 살아온 삶의 질곡을 이겨 내려 했음인지, 대학원에서 심리학을 전공했고 박사과정도 밟았다. 학위를 마친 그는 직장 일에 충실하면서도 시간을 쪼개어 봉사활동으로 바쁜 나날을 보내었다. 어쩌면 지난날들을 묻어 버리기 위한 그녀의 선택일 수도 있다. 시련도 운명으로 받아들여 현실을 꽃피운 그녀의 삶, 마치 쑥부쟁이 꽃을 닮았다는 생각이 든다. 쑥부쟁이와 여인, 연속되는 삶의 질곡도 운명처럼 받아들였다. 눈물보다 가슴 아픈 상처도 삼켜야만 했다.

아름다운 꽃을 피우기 위해 뻗어난 줄기에는 살아온 지난날을 되새김인지 녹색 바탕에 자줏빛이 물들어 있다. 녹색의 푸름처럼 청초하게 살고 싶지만, 자꾸만 찾아드는 시련의 피멍을 그대로 노출시킨 것처럼 보인다. 보면 볼수록 꽃 속에 숨어 있는 침묵하는 언어들. 꽃잎의 안쪽으로는 촘촘히 박혀 있는 노란 알갱이들이 꽃대의 중심에 안겨 있다. 그 주위로 보랏빛과 하얀색이 뒤엉켜 있는 모습은 마치 마음과 현실의 괴리를 보는 것 같다.

그래도 중심에는 노란빛 알갱이들이 주위의 색을 끌어안고 있어 포근함도 묻어난다. 바위와 어우러진 모습은 마치 한 편의 시를 위해 생을 바친 삶에 비유된다.

삶과 현실의 괴리를 극복하며 피워 낸 쑥부쟁이 꽃, 누구를 위해 피워 낸 것이 아니라 삶을 위해 피워 냈다. 우리들의 삶이나 꽃을 피우는 이치가 무엇이 다르리. 아픔을 이겨내고 꽃으로 승화시킬 수 있다는 것 하나만으로도 성숙한 삶의 모습을 보게 한다.

　문학기행에서 만나 본 쑥부쟁이 꽃, 온갖 시련을 이겨낸 기쁨을 꽃잎으로 만끽하고 있다. 생동의 열기로 넘쳐나 있는 우도의 전경을 끌어안고, 설익은 가을 햇살과 어우러져 있다.

　스쿠터 두 대가 굉음을 내며 스쳐 간다. 젊은 남녀가 신나게 달린다. 여유와 감흥의 사이를 뚫고 지나간다. 때론 '문명의 이기가 오히려 즐거운 여정을 망쳐 버린다.'는 생각이 든다. 굉음에 빼앗긴 서정을 찾으려 함인지, 꽃잎을 뜯어 향기를 맡아 본다. 옅은 향기가 코끝을 스친다. 밤새 파도 소리 끌어안은 갯내음도 묻어난다. 분칠하지 않은 청초한 여인의 체취를 맡으며 길을 재촉한다. 우도의 올레길을.

제비꽃

세상에 태어나 산다는 것이 처음부터 공평하지 않았다.

금수저를 물고 태어났느냐, 흙수저를 물고 태어났느냐 하는 것은 나의 의도와는 별개의 일이다. 그저 운명으로 받아들이고, 숙명적으로 살아가는 것이 모든 삶의 이치이다.

어느 날 고향집을 찾았다. 울타리 양지바른 돌 틈바구니에 제비꽃이 살며시 피어나 있다. 누구를 기다리는 아낙처럼 목을 길게 내밀고 봄소식을 전하고 있다. 겨울과 봄의 교차로엔 냉기 품은 바람만 스쳐 간다.

어렸을 때 이 제비꽃을 말싸움꽃이라 했다. 꽃받침 밑에 내민 턱을 마주 걸어 잡아당겨 누구의 꽃받침이 센가를 겨룬다. 이길 때마다 딱지를 받는 재미에 말싸움꽃 놀이를 즐기곤 했다. 그런 추억의 꽃이 곱게 피어나 있다. 돌아눕기도 비좁은 공간에 그래도 네 개의 꽃대를 밀어내었다. 봄을 시샘하는 냉기도 아랑곳하지 않고 보랏빛 꽃잎이 해맑게 웃고 있다.

제비꽃은 언제 보아도 향수가 묻어난다. 잊었던 추억들이 한꺼번에 밀어닥친다. 하필이면 넓은 뜰도 두고, 좁디좁은 틈바구니에서 피어났을까 하는 의문도 든다.

사람이나 모든 생물이 세상에 태어난다는 것은 자신의 의지와는 무관한 것이라서, 제비꽃 역시 생명줄을 여기에 묻으리라고는 예측이나 했을까. 예정된 수순에 따라 살아가는 것이 우리네 모습을 많이 닮았다. 아무리 노력해도 안 되는 사람이 있는가 하면, 다른 사람의 노력 절반만 해도 성공하는 사람도 있다. 때로는 세상에 나올 때부터 운명은 모두 정해져 있다는 예정조화설의 신봉자가 되기도 한다.

지인 중에 어렵게 살다 간 분이 생각이 난다. 부모를 일찍 여의고 남의 집에서 허드렛일을 하는 M씨가 있었다. 부지런하기로는 그 사람을 따라갈 사람이 없었다. 하지만 하는 일마다 실패를 거듭했다. 돼지를 길러도 병들어 죽어 버리고, 장사를 해도 어느 것 하나 성공하는 것이 없었다.

한번은 서울에 무 공급이 되지 않아 가격이 폭등한다는 말을 듣고 이웃에 있는 무와 배추를 사들고 서울에 도착했다. 마침 폭설이 일주일 이상 내렸다. 날씨가 풀려 팔려고 보니 모두 얼어서 팔 수가 없었다. 폐기 처분하려고 해도 돈이 들어야만 했다. 겨우 폐기 처분을 하고 귀향하려니, 고향으로 돌아올 차비마저 없었다. 길거리에서 양말장사를 하며 차비를 마련하여 귀향하였다. 빚더

미에 시달리던 M씨는 빚을 다 갚고 나니, 이번에는 병이 들어 시름시름 앓다가 세상을 등지고 말았다. 소설이나 영화 속의 주인공으로 한세상을 살다 갔다.

누구나 돈을 벌고 싶고, 누구나 명예욕이나 권력에 무관심한 사람은 없다. 무엇을 이루려고 숱한 노력을 다하지만, 노력만으로 모든 것이 성취되는 것은 아니었다. 모든 일이 생각대로만 된다면 오죽 좋을까. 사람의 앞일은 모르는 것이라서 노력하면 언젠가 이루어지겠지 하는 기대감으로 살아가고 있는지도 모른다. 농부는 올해 실패를 해도 내년을 기약하며 농사를 짓는다. 열 번을 실패해도 내년이라는 앞날이 있기에 용기를 얻는다. 왜 실패해도 농부는 농사를 지을까. 그런 기대는 어디서 생겨나는 것일까. 아마 모르긴 해도 새 생명에 대한 마음의 발로가 아닐까 생각해 보는 것이다.

소박한 삶을 꿈꾸는 사람들은 때로는 갑질의 아픔을 눈물로 씻어내기도 한다. 평범하게 살아가는 사람들에게는 무슨 소리인가 할지 모르나 당해본 자만이 절감할 수 있는 가슴 아픈 사연들이 연일 보도되는 것을 보면서 어쩐지 마음이 씁쓸해진다.

털제비꽃, 그 좁디좁은 공간에 생명줄을 묻으리라고는 상상도 못한 일이다. 어쩌다 바람결에 날려 와 생명줄을 묻었다. 그것을 운명이요, 숙명으로 받아들이고 꽃을 피웠다. 겨울의 냉기도 가기 전에 피워 낸 꽃망울, 더없이 소담스럽다.

올레길 제4코스를 가다

대전에서 내려온 막내딸이 제주의 올레길을 한번 걸어 보고 싶다고 해서 세 식구가 올레길 탐방에 나섰다. 제4코스인 표선 해비치에서 남원을 향해 출발했다.

아내와 막내는 앞서가고 한 1킬로를 앞서갔나 싶으면 나는 차를 몰고 뒤따라가는 탐방 형태이다. 마을마다 깨끗이 단장한 해안 도로변에 나무들은 모두 다 북쪽으로 가지가 길게 뻗어나고 있다. 생존을 위한 전략이다. 더욱이 해풍에 머리 빗고 얌전히 앉아 있는 사스레피 나무가 귀엽게 보인다.

파도가 밀려와 부서지는 하얀 포말을 보며 나무그늘 쉼터에 앉았다. 바다 내음이 물씬 풍긴다. 멀리 화물선 같은 큰 배도 지나가고, 조그마한 포구에 갈매기들이 나는 모습도 보인다. 오랜만에 바다의 정경과 시선을 마주하노라니 자연이 주는 신의 섭리에 마음도 안온해진다.

올레길을 탐빙하는 모습도 가지가지이다. 우리처럼 앞서거니

뒤서거니 하는 사람들이 있는 반면, 천천히 차를 몰고 가며 스치는 풍경을 즐기는 사람들도 있다. 시원스레 스포츠카를 몰고 달리는 젊은이들, 둘이서 정담을 나누며 올레길을 즐기는 여인들, 각자 자기들만의 특성으로 올레길을 즐기고 있었다.

어느새 토산, 신흥을 지나 태흥과 남원 경계인 속칭 들엉머리에 도착했다. 아마도 바위가 머리를 든 것처럼 들려 있어 붙여진 이름이 아닐까 본다. 그 옆으로 옛날 광목천을 하얗게 하기 위해 잿물에 삶아 말리던 곳인 제무등개는 어릴 적 낚시하러 왔던 추억의 산실이기도 하다.

예전에 들엉머리 절 소리 울면 _{파도 소리가 들리면} 비가 온다고 했다. 바다 쪽으로 돌출되어 파도가 제일 먼저 부딪히는 곳이다. 기압이 낮으면 소리도 멀리 전해져, 절이 울면 비가 내렸다. 지금도 어릴 적 들엉머리 절 소리가 베갯머리를 찾아들곤 한다.

언제인가 낚시하러 갔다가 들엉머리에서 넘어져 크게 상처를 입은 적이 있다. 그만치 파도에 깎여 나간 바위의 괴석들이 산재해 있었다. 잘못해서 넘어지면 다치기 마련이다. 그런 기기묘묘하게 생긴 괴석들도 보이지 않는다. 수석 애호가들의 정 끝에 사라지고 이제는 아픈 상처도 파도에 씻기어 많이 아물었다. 어디 괴석만 그러할까, 하얀 꽃이 피어나는 숨부기 _{해안가 덩굴식물} 왓밭도 자취를 감추었다. 파도가 치면 숨부기왓으로 피신하던 털게도 보이지 않는다. 빗물과 바닷물이 섞이는 곳에 살던 고기들도 사라지고 말았다. 파도에 씻겨 매끄럽게 다듬어진 돌덩이들도 해안도로 방파제 석축으로 이용되면서, 그 많던 돌무더기도 보이지 않는다. 관광의 붐을 타고 마을마다 앞다투어 만들어 놓은 해안도로, 결국 생태계의 파괴를 낳고 말았다. 때늦은 아쉬움만 남는다.

우리는 제무등개에서 만났다. 오징어를 구워 파는 노점상에서 오징어를 사 먹으며 바다의 풍경을 바라다보았다. 포구 쪽으로 예전에 없던 등대도 보인다. 파도가 철썩이는 바닷가 따라 내 시선도 과거를 일구어 낸다. 무더운 여름 하루 종일 바닷가에 살다 보면 따가운 햇살에 등허리의 살갗이 두 번 벗겨지고 나서야 한 여름이 지나곤 했다. 어랭이, 검정우럭을 낚기도 하고, 어쩌다 북바리를 낚는 날은 횡재한 날이다. 파도가 일궈 내는 포말 속에서 긴 여름날 나의 모습을 더듬노라니 "아빠, 이제 가요."라는 말에 그려 보던 지난날 모습도 포말처럼 사라지고 말았다.

차를 운전하면서 생각해 본다. 세월은 사람만 변하게 하는 것이 아니라 모든 것이 변한다는 사실을. 모든 것이 변했다. 인공에 의한 변화이든, 자연적인 변화이든, 세월은 그렇게 변화를 가져왔다. 그래도 변하지 않는 것이 있다면, 파도가 달려와 바위에 부딪히고 부서지는 하얀 포말과 파돗소리뿐이다.

모래톱을 지나 내 발목까지 잠기던 파돗소리가 점점 멀어져 간다. 옛날의 파돗소리가.

옥상에서 바라보던 한라산

　산에 가면 산이 보이지 않는다. 오직 숲만 소요하노라면 우울했던 마음도 저절로 사라진다. 아마도 멀리서 보는 산이 사람의 얼굴이라면, 산속을 거니는 것은 마음을 읽는 일이나 마찬가지이다. 그러하기에 산은 언제 찾아도 어머니의 마음같이 포근함이 묻어난다.

　나는 가끔 옥상에 올라가 한라산을 바라본다. 산을 볼 때마다 그 모습이 다르게 다가온다. 계절에 따라 감미로움이 묻어나는가 하면, 우울한 민낯으로 다가설 때도 있다. 아침마다 다른 모습으로 찾아드는 한라산을 보면서 나는 아침의 피곤을 달래곤 했다.

　흔히 산을 이야기할 때 금강산은 빼어나기는 하나 장엄하지 못하고, 지리산은 장엄하기는 하나 빼어나지 못하다는 말을 한다. 이 두 가지를 모두 갖춘 산이 드물다는 이야기다. 아마도 한라산은 이 중간에 위치하고 있는 산이 아닐까 생각해 보기도 한다.

　한라산은 빼어나지 않으나 수려한 멋이 있고, 장엄하지는 않으나 준수한 위용을 자랑한다. 그런 한라산을 옥상에 올라가도 이제는 만날 수 없게 되었다. 애향운동장 동쪽에 체육관이 들어서면서 나의 조망권을 빼앗기고 말았다. 아침의 즐거움 하나를 잃은 셈이다. 산을 볼 수 없으니 옥상에 올라가는 일도 드물어졌다. 아쉬움이란 표현이 이를 두고 하는 말인가 보다.

한라산은 계절은 물론이고, 날마다 다른 표정을 짓는다. 봄이면 아흔아홉 골짜기마다 속살이 보일 것같이 뜰에 내려와 있을 때가 있다. 눈을 크게 뜨면 이름 모를 풀잎마저 보일 것 같은 환상이 들기도 한다.

올봄에는 벚꽃이 예전보다 빨리 피었다. 그런데 난데없이 한라산엔 눈이 내렸다. 눈송이와 꽃송이가 한데 어우러져 이색의 풍경을 만들어 내기도 했다.

여름은 어떠한가. 아침에 잔잔한 운무가 산을 감도는 모습은 마치 어느 여인이 치맛자락 부여잡고 산을 내려오는 듯이 한가롭기 그지없다. 한나절이 되면 산은 온통 뭉게구름을 토해낸다. 산이 구름이 되고, 구름이 산이 되어 오수를 즐기는 듯싶다. 그런 뭉게구름을 보노라면 나도 덩달아 오수의 하품이 저절로 찾아들기도 한다.

산 정상의 뭉게구름은 어느새 그 결속을 무너뜨리고 흩어져 비늘구름들이 하늘거린다. 이때부터 산은 가을을 불러들인다. 가을비가 한 번 지나고 나면 산은 부산해진다. 어느 신선의 붓 끝에 묻어난 물감을 풀어놓은 것처럼 울긋불긋하게 물들인 색조가 신비롭게 다가선다. 그런 신비를 느끼고 싶어 산길을 간다. 나도 그 멋에 취하고 싶어 산행을 했다가 죽을 고비를 넘기기도 했다.

고등학교 때 일이다. 가을이다. 머루 다래를 따 먹으며 다섯 명이서 고향 가기로 했다. 새벽에 일어나 보니, 화창한 날씨라서 가벼운 옷차림으로 길을 나섰다. 교래 억새밭을 지나니 빗방울이 떨어지더니 붉은오름에 이르렀을 때는 장대비가 쏟아졌다. 어데 피할 곳도 없다. 다른 친구들은 준비한 옷을 입는데 나는 단벌이라 비에 무방비로 노출되었다. 점점 의식이 희미해져 갔다. 온 세상이 노란빛으로 변해 갔다. 그러다가 의식을 잃었다. 일행인 네 사람이 번갈아 가며 나를 들쳐 업고 민가에 내려와 나를 구해 냈다. 지금도 가을비가 내리는 날이면 그날을 생각하며, 그 친구들에게 한없이 고마운 마음을 느끼곤 한다.

상고대가 뒤덮인 한라산은 절경 중의 절경이다. 사려니 오름에서 서귀포에서 성산포까지 내려다보는 풍경은 겨울의 수채화였다. 눈 덮인 한라산은 겨우 내내 숭고한 정적이 감돌고, 고요하다 못해 무한한 침묵이 흐른다. 마치 산은 여신의 궁전처럼 엄숙하게 다가서기도 한다.

산에 오르지 않아도 하얀 눈을 시야에 담아 보던 정감도 이제는 느낄 수 없게 되었다. 마음에 담아 보던 겨울 산, 그 하얀 눈에 동화되어 산보하던 마음도 점점 멀어지고 말았다.

사계절이 뚜렷하게 다가서는 한라산, 사람은 감정에 의해 표정을 만들어 내고, 산은 숨결에 따라 속내를 표출해 낸다. 산허리에 구름이 잠기면 삼일 내 비가 내리고, 산 동녘에 구름 떼가 모이면 바람이 세차게 불어온다. 산이 낮게 보이거나, 멀게 보이면 한동안 날씨가 좋겠다는 속설도, 따지고 보면 산이 주는 표정을 읽어 낸 말들이다.

어제저녁까지 비를 뿌리더니 오늘은 해맑은 아침이다. 옥상에 올라갔다. 습관처럼 남쪽을 쳐다본다. 시야에 들어오는 것은 오직 건물뿐이다. 작은 구름 떼가 무엇이 바쁜지 종종걸음을 치고 있다.

삶의 의미보다 더 강한 울림으로 다가서던 한라산, 산이 없는 옥상에서 천천히 내려왔다. 어쩐지 허전하다. 그래서 '산은 풍경의 시작이요 끝'이라 했는가 보다.

껌 씹는 소

소를 탄 목동의 그림이나 밭갈이하는 농촌 풍경을 보노라면 어쩐지 마음이 아늑해진다. 그 속엔 여유로움이 있다. 언제나 여백과 여유는 우리들 마음을 편안하게 해주니까.

소는 걸음걸이도 느리지만 웬만한 것에는 놀라지 않는다. 소는 발톱이 4개지만 2개는 퇴화되어 흔적만 보이고 갈라진 두 발톱이라 그런지 진흙탕 길도 미끄러지지 않고 잘 걷는다. 이런 특성을 지닌 소는 농촌의 일꾼으로도 한몫했지만 살림 밑천이기도 했다.

예전에 우리 집엔 뿔 오그라진 검은 암소가 있었다. 성격이 매우 괴팍해서 심술보 마귀할멈이라 불렀다. 이 검정 암소가 팔려나가고 잘생긴 황소가 들어왔다. 체격도 다부진 데다 싸움도 잘해서 우리 동네 소싸움에서는 단연 으뜸이었다. 그런 재미로 일요일엔 동네 아이들과 소 먹이러 들로 나가곤 했다. 그 후로는 학교를 다닌다고 집을 나왔으니까 소와 가까이할 기회가 없었다.

결혼을 하게 되자 예물 교환으로 좀 색다른 것이 없을까 궁리

하다가 결론을 내렸다. 그래, '소'로 하자. 반지 시계 대신에 송아지를 예물 교환으로 하자는 나의 제안에 신부는 의외라는 반응을 보였다. 그도 그럴 것이 '결혼식에 웬 송아지람?' 신부는 놀라면서도 설득 끝에 합의를 이끌어 내었다.

마당에 예식장을 마련하고 결혼식이 시작되었다. 사회자가 "신랑 신부 예물 교환이 있겠습니다." 하는 말에 '축 결혼'이라는 어깨띠를 한 송아지가 들어오는 것이 아닌가. 하객은 박수를 치며 한바탕 웃음바다가 되었다. 그 후 신부에게는 닉네임이 생겨났다. '송아지 색시'라고….

아버지가 정성으로 예물 송아지를 길렀다. 몇 년이 지나자 멋진 황소로 자랐다. 밭갈이도 제법 익숙할 때쯤, 아버지는 '빚을 갚기 위해 소를 팔겠다.'는 제의를 해왔다. 아버지께서 알아서 하시라고 했지만, 아내는 내심 매우 서운한 눈치였다. 왜 아니 그러겠는가, 결혼 기념으로 산 것인데.

어느 날 송아지 색시가 낳은 아들이 할아버지 집에 갔다가 외양간으로 가자고 이끄는 것이었다. 왜 그러나 싶어 가 보았더니

"아빠 저것 봐. 소가 껌을 씹고 있어."

'그건 껌을 씹는 것이 아니라 소에는 위가 4개 있는데 1위와 2위에 먹은 것을 저장해 두었다가 게워내어 다시 씹고는 제3위로 보내는 되새김질이야.'라고 이야기하고 싶지만 그 말을 알아들을 나이가 아니라서

"그래 소가 껌을 씹고 있네." 하고 껄껄 웃고 말았다.

어쩌다 목장 길을 가다가 누런 송아지를 보면 옛 기억을 떠올려 보곤 한다. 왜 그때 그런 생각을 했는지, 지금 생각해 보아도 아리송한 기억으로만 남는다.

소와 나와의 인연은 그렇게 끝나기는 했지만, 소에게 배워야 할 미덕을 들라면 두 가지를 이야기하고 싶다.

첫째는 인고의 뚝심을 배워야 할 것 같다. 어느 날 자갈밭을 갈고 온 소의 목덜미가 멍에에 뭉개져 피가 나는 자리를 아버지는 쯧쯧 혀를 차며 목덜미에 약을 발라 주는 모습을 보았다. 속살이 드러나는 고통에도 묵묵히 밭갈이에 순종하는 그 인내의 뚝심, 진정 소에게서 배워야 할 삶의 지혜이다.

둘째는 반추하는 일이다. 반추, 그것은 시간을 붙잡는 삶의 진보이다. 소의 심성처럼 느긋하게 삶을 관조할 수 있는 마음의 여유. 비록 대상의 본질을 깨닫지 못할지라도 삶에 대한 인식, 그 하나만으로도 여백의 땅을 일구는 일이다.

소의 되새김처럼 오늘의 삶을 관조해 보는 것은 내일의 삶을 위해 마음에 여백을 심는 일이다. 비록 남루한 삶의 편린일지라도 되새김을 통해 나를 만나 보자. 청 댓잎에 고요가 스미도록.

삶의 뒤안길

유년 시절 아스라이 멀어져간 일들을 하나하나 곱씹어 보노라면 입안에 감도는 달무리, 그 어떤 맛에 비견되지 않는다. 나만의 공간에서 시간의 궤적을 더듬노라면 따스한 봄 햇살에 몸 녹이듯, 따스한 지난날이 부스스 일어난다.

산정에 오르면 산 아래를 굽어보는 것은 당연한 이치이다. 삶의 뒤안길에 묻어둔 지난날의 추억을 곱씹어 보노라면 저절로 옛일에 젖어든다. 차디찬 겨울의 한파 같은 시련도 추억 속에선 왜 이리 따스하게 느껴지는지, 세월은 언제나 과거를 미화하는 마력을 가지고 있다.

요즘 나에게 복잡한 문제가 생겼다. 등기를 게을리하다가 재산 문제로 머리가 어지럽다. 재산 문제는 누가 개입할 수도, 그렇다고 법적으로 판가름하기도 쉽지 않은 일이다.

사람이 머리로 해결할 수 없는 일은 시간이 해결해 준다는 말이 자꾸만 마음에 와닿는다. 기다릴 줄 아는 사람은 시간의 지혜를 터득한 사람이라 했다. 그 지혜를 빌리기는커녕 조급하게 서두르는 나의 모습은 어쩐지 초라하기 그지없다.

재산 문제가 해결되나 싶더니, 이번엔 또 새로운 걱정거리가 생겨났다. 하나의 문제가 해결되고 나면 또 다른 문제가 찾아드는 것이, 우리들의 삶인지도 모른다. 평소에도 불면증으로 고생하던 아내가 요즘 들어서 그 상태가 심각하리만치 잠 못 이루고 뒤척인다. 걱정이 걱정을 불러들인 셈이다.

우리들 삶이 그러하듯, 하나를 해결하고 한숨 돌리나 싶으면 새로운 바람이 불어온다. 미풍微風이냐, 삭풍朔風이냐의 차이일 뿐, 바람 잘 날 없는 것이 우리네 삶의 모습이다.

오늘도 아내는 백야의 밤을 보내고 나더니, 날이 다 밝아서야 잠이 들었다. 곤히 잠든 아내의 얼굴을 무심히 보았다. 세월이 두고 간 흔적들, 눈자위와 입가에도 자글자글한 주름. 시간과 삶의 고뇌가 남기고 간 증표들이 얼굴 곳곳에 묻어나 있다.

나는 오늘 아내의 얼굴에서 시간이 줄달음치는 소리를 듣는다. 어느 누구도 붙잡을 수 없는 잰걸음으로 내달린다. 과거를 향한 시간의 궤적은 고른 숨결로 잠들어 있는 순간마저도 놓치지 않고 스쳐 가고 있다.

계절 탓인지는 모르나 요즘 허허로운 시간이 부쩍 늘었다. 용기도, 패기도 늦가을 국화잎 닮아 간다. 비단 그것이 나만의 고민은 아니다. 늦가을 들녘에 서면 젊음에 대한 노스탤지어는 누구에게 나 찾아온다. 그만치 젊음이 부럽다는 이야기이다.

삶의 바다에서 만나는 작은 풍랑도 때로는 예단된 우울로 속박 한다. 모든 것을 남의 탓으로 속단해 버리는 편견, 이 나이에 무얼 하겠나 하는 강박감, 언제나 남루한 옷을 걸치게 하는 것들이다.

일을 하기도 전에 찾아드는 두려움, 비현실에 동조하는 마음, 지난날 일들을 곱씹다 잊어버린 시간들, 열거하면 끝이 없다.

자질구레한 삶의 찌꺼기, 큰맘 먹고 탈출을 시도해 보지만 모든 것이 여의치 않다. 삶의 여정에 찾아드는 자괴심自愧心도 유리컵에 이는 노을의 소리가 되어 내 맘을 채근할 때가 있다.

'싱그러운 나무에 피어 있는 꽃보다, 때론 고목나무 삭정이를 의지하고 곱게 피어난 꽃이 더 정감이 간다.'는 사실을 낸들 모르 랴.

바람이 달리는 소리는 나뭇가지를 보고 알듯이, 시간이 달리는 소리는 눈자위에 있다.

오늘 아내의 얼굴에서 시간의 발걸음 소리를 듣는다. 젊음을 훔 쳐간 도둑의 발걸음 소리를.

자연의 눈과 예술의 입

사람을 만날 때 먼저 보는 것이 눈이고 그 다음이 입이다. 눈에서 마음을 읽고, 입에서 그 사람의 인품을 찾는다.

그만치 눈과 입을 통해 인간관계를 맺는다. 행과 불행도 인간관계에서 비롯되는 것처럼, 사람의 외적으로 드러나는 얼굴 중에서 가장 대표적인 것이 눈과 입이다. 모든 가치 판단이나, 인품의 결정도 따지고 보면 이 두 가지에서 결정된다.

눈은 종합 언어라 했다. 그만치 마음의 동요를 엿볼 수 있는 곳이 눈이다. 눈을 판다라는 말은 마음이 흔들리고 있다는 뜻이다. '두 눈을 판다'고 하지 않고 한눈판다고 했을까. 아마도 거기에는 본마음으로 돌아올 수 있는 여지를 남겨둔 해학이 묻어나는 언어가 아닐까 싶다.

입 하면 여자들의 수다가 먼저 떠오른다. 여자들이 하루 종일 이야기해도 다음 날 이야깃거리가 남는다. 그만치 대화거리가 풍부하다는 말이다. 대충 남편에 대한 이야기가 아니면, 자식 자랑,

시어머니 흉보는 대화가 대중을 이룬다고 한다.

남자들은 겉을 이야기하지만, 여자들은 속을 엮어 간다. 어쩌다 남편을 흉보는 말 속에 '그것도 남자라고, 그게 남자야?'라는 멸시와 비하의 말도 서슴지 않는다. 동석했던 여자들은 그 속내를 알고 손뼉 치며 웃지만, 남자들은 그 말뜻을 잘 모른다.

입만 열면 거짓말을 토해 내는 사람도 눈빛을 보면 그 속내를 엿볼 수 있다. 눈에는 진실이 숨어 있으니까. 때로는 입으로 사랑한다고 백 번 되뇌는 것보다 눈의 대화가 더 진실성을 지니기도 한다. 그만치 속내를 드러내는 제2의 통로이기 때문이다.

'남자의 얼굴은 자연 작품이고, 여자의 얼굴은 예술 작품이다.'라는 말이 있다. 어쩌면 인공을 가하지 않은 자연 작품인 눈, 예술 작품인 입, 자연과 예술, 어느 것이 더 소중하다고 경중을 가릴 수 없는 것들이다. 마음의 진실을 읽고, 속내를 전달하는 두 개의 통로가 바로 눈과 입이다. 코와 눈은 모든 사물을 수용만 할 뿐, 표출은 하지 못한다. 오직 마음을 전달하는 유일한 통로가 입이다.

사람을 만나다 보면 눈빛에서 마음의 진실을 찾는다. 아무리 미사여구를 토해 내어도 미사여구나 가식은 어느 사이에 눈빛을 통해 노출되기 십상이다. 자연 작품에서 보면 눈의 언어가 더 중요하고, 예술 작품의 입장에서 보면 입의 대화를 더 중히 여길 수도 있다. 어쩌면 아름답다, 곱다, 사랑한다는 그 말 한마디가 눈으로 백 번 되뇌는 것보다 더 효력을 지닌다. 말에는 감촉이 있으니까.

눈과 입의 대화가 가장 잘 통하는 곳이 가정이다. 아이들의 눈빛만 보아도 마음을 읽을 수 있는가 하면, 아내의 목소리만 들어도 그날의 날씨를 짐작하고도 남는다. 부부 생활이란 긴 대화의 나날이다. 대화 없는 가정일수록 갈등의 요소가 늘 있게 마련이다. 눈의 언어와 입의 대화가 있는 가정. 누구나 원하지만, 쉬우면서도 결코 쉬운 일이 아닌 것이 부부 생활이다. 갈등은 언제나 대화의 부족에서 시작된다는 사실을 모르는 이는 없다. 하지만 그 말을 모르는 사람처럼 살아가는 것이 우리네 삶이다.

마음을 읽을 수 있는 눈의 언어가 중요하지만, 입을 통해 의사를 전달하는 것이 더 중요함을 실감하기도 한다.

어느 날 아내가 느닷없이 불평을 쏟아 냈다. "50년을 같이 살아도 사랑한다는 말 한 번 들어 본 적 없다. 맘속으로 사랑한다, 고맙다는 생각만 하면 뭘 해. 표현 없는 언어는 흙 속의 진주에 불과한 것"이라고 일갈하는 아내의 말에 대답할 말이 없었다. "내 성격이 그러한 걸 낸들 어쩌겠느냐."라고 항변해 보지만, 아내는 내 말을 들은 척도 안 한다. 작심한 듯 토해낸 말인데 내 말이 통할 리가 있겠는가.

'칭찬에 인색한 사람일수록 좋은 사람 없다.'더니 나는 좋은 사람 되기는 어려운 듯싶다. 눈과 입, 두 간극의 괴리를 아내의 말에서 실감해 본다.

자연 작품에서의 눈, 예술 작품에서의 입, 우리들의 삶을 대변해 주는 인덱스가 아니겠는가.

한 입에 또 하나의 혀

제주로 가는 비행기를 타기 위해 청주공항에 도착한다.

쾌청한 날씨의 끝자락에 찾아든 노을빛, 하루를 청산하고 곱게
물들고 있다. 비행기가 지연된다는 안내방송을 한다. 기다린다는
것은 지루한 것이다. 비행기나 열차를 기다리는 시간은 더 지루
하다. 늙은 노을을 밟고 비행기에 오른다. 산 그림자를 박차고 비
행기가 날아오른다. 하늘엔 아직도 타다 남은 석양빛이 구름 위에
걸려 있다. 땅에서 보는 노을빛과는 또 다른 정감이 있다. 노을빛
속에서 문득 낮에 손자와의 대화가 떠오른다.

서울에서 내려온 손자와 같이 대전에 있는 뿌리공원 축제장을
찾았다. 하천을 끼고 조성된 이 공원은 우리나라 성씨의 유래를
큰 돌에 새겨 놓았다. 찾는 이들이 자기의 성씨를 쉽게 찾아 볼 수
있도록 성씨마다 고유번호를 붙여 놓았다. 공원을 한 바퀴 둘러
보고는, 천막 안 음식점에 자리를 잡았다. 바로 내 앞에 앉은 둘째
녀석이 말을 건넨다.

"할아버지 올해 몇 살이셔요?"

"그건 왜 묻는 건데?"

"그러지 말고 묻는 대로만 대답해 주세요."

"그래 묻는 대로만 대답할게."

마치 청문회라도 하듯 질문을 던진다.

"결혼은 몇 살에 했어요?"

"올해로 몇 해나 됐어요?" 자질구레한 질문을 던진다.

"할아버지, 속이지 말고 솔직히 말해 줘요, 솔직하게…."

이놈이 무얼 물으려고 솔직하게를 여러 번 강조하는 것일까 궁금해지기도 했다.

"그래 솔직하게 이야기할게."

"할아버진 지금까지 이혼하겠다는 생각을 몇 번이나 해 보셨어요?"

예상치 못한 질문에 얼른 대답을 못 한다. '여러 번 해 보았다고 할까, 아니면 한 번도 안 해 봤어라고 대답할까.' 손자의 말에 대답을 찾는다고 머리를 뒤적이다가 토해낸 말은

"한 번도 안 해 봤어."

"정말요, 거짓말 아니지요?" 다그쳐 묻는다. 할아버지도 그런 적이 여러 번 있었다는 기대감에 던진 질문 같은데, 한 번도 없었다는 이야기에 실망한 눈빛이었다.

"그건 왜 묻는 거야?"

유도 신문이 궁금해서 던진 말에 대답은 의외였다.

"우리 반 아이 엄마 아빠가 이혼했는데, 수업시간에 엎드려 있기만 해요. 참 가엽게만 보이는 걸요. 요즘엔 공부도 안 해요."

이 말을 듣는 순간 '부부싸움으로 아이들 가슴에 상처를 주는 것은 아닌가 하는 의구심이 들기도 했다.

나도 부부싸움을 많이 했다. 아이들의 눈을 피해 가며 벌인다고 하지만, 아이들은 훤히 들여다보고 있었다. 부부싸움은 큰일로 싸우는 것이 아니라 사소한 일로 티격태격 싸우기 마련이다.

하루는 국이 너무 짜다는 이유가 발단이 되어 양쪽 가정사를 들먹이며 싸운 일을 생각하면 어린애 장난 같은 생각이 들기도 한다. 내가 아내의 마음 반쪽을 받아들이고, 아내가 내 마음의 반쪽을 이해한다면 부부싸움은 일어나지 않을 터인데, 전부도 아니고 그 반쪽을 이해 못하다니. 마치 남의 일처럼 생각이 들기도 한다.

오늘 낮에 손자와의 대화를 생각해 본다. 할아버지는 이혼을 몇 번이나 생각해 보았느냐는 질문에 "이혼하겠다는 생각을 한두 번 안 해 본 사람은 드물 거야, 참고 사는 거지."라고 대답해 주었으면 좋았을 것을. '거짓말 말고 솔직히'라는 말을 몇 번이고 되묻는데, 건성으로 대답한 결과 나 자신을 속이고 말았다.

자기 자신을 속이는 것처럼 어리석은 일은 없다. 거짓말이란 양심을 속이는 것, 정직을 배신하는 것, 가식을 진실로 포상하려는 마음, 이것을 순간적으로 잊었던 모양이다. 무슨 일에 헛손질만 하는 것처럼, 어쩐지 허전함이 묻어난다.

말은 돈의 흐름과 같다고 했다. '지나치게 과장된 말은 인플레 같고, 약속을 해 놓고 실천하지 못하는 말은 부도 수표이고, 의식적인 거짓말은 위조지폐와 같다. 그리고 거짓 없는 진실된 말은 보증 수표와 같다.'라는 말이 떠올랐다.

이 말대로라면, 나는 오늘 위조지폐를 손자에게 건네준 것이다. 말이란 짧은 혀끝으로 얼어붙은 마음을 녹여 줄 수도 있고, 무심코 던진 한마디가 날카로운 촌철寸鐵이 되어 다른 사람의 가슴에 상처를 주기도 한다. 때로는 말 한마디로 예기치 않는 구설수에 오르기도 하고, 걷잡을 수 없는 폭풍이 되기도 한다.

진실을 말하는 혀와 거짓을 토해 내는 혀, 한 입에 두 개의 혀가 있었다. 진실을 가장한 혀끝은 언제나 짧은 다리를 갖는다. 그만치 말에 생각의 옷을 입힐 때 진실성을 지닌다는 사실을 뒤늦게 생각해 보았다.

즐거워야 할 손자와의 대화가 자꾸만 되살아난다. 그리고 마음에 걸린다. 긴 말도 아니고, '한 번도 없었다.' 이 말 한마디. 목에 가시처럼 남는 것은 어인 일일까.

세월의 빈 모퉁이

춘설이 소리 없이 내린다.

마당 안이 하얀 눈으로 소복이 쌓여 간다. 어제까지만 해도 봄 기운이 무르익더니, 때아닌 눈 속에 성급하게 돋아난 파란 싹이 춘설의 매운맛을 톡톡히 보고 있다. 봄 속의 겨울 풍경을 보다 말고 빛바랜 사진을 꺼내 들었다. 오늘 같은 날씨가 고스란히 묻어나는 사진이다.

초등학교 때 사진이라곤 졸업사진 한 장이 전부이다. 이 사진을 찾는다고 온 책장을 뒤져도 못 찾던 것을 우연히 찾았다. 시간이 멈춰 선 빛바랜 사진 한 장, 그 속에서 아스라이 묻어나는 체온과 세월의 숨결을 더듬어 본다.

키 큰 아이들은 아랫줄에, 작은 사람은 뒷줄, 책상 위에 서 있다. 맨 뒷줄 중앙에 호주머니에 연필을 꽂고 서 있는 아이가 있다. 아마도 제 딴에는 멋을 낸답시고 연필을 꽂은 모양이다. 사진 속 얼굴을 대하는 순간, 나도 모르게 이유 없는 미소가 번져난다.

사진의 맨 아랫줄 얼굴에서부터 이름을 떠올려 본다. 이 친구 이름이 무엇이지, 아무리 생각해 보아도 떠오르지 않는 이름, 혀끝에 맴돌다 그만 사그라진다. 얼굴은 선명한데 이름은 지워져 버렸다. 무심한 시간을 새삼 곱씹는다. 부식된 기억들 앞에 세월을 탓해야 할지, 머리를 탓해야 할지 분간이 서지 않는다.

사진 속 얼굴을 몇 번을 보아도 하나같이 굳은 표정들이다. 그도 그럴 것이 4·3 직후에 찍은 사진이었으니까. 마음이 얼어붙으면 얼굴 표정도 굳어진다. 4·3은 우리들에게 큰 상처였다. 밤이면 산사람_{무장대}이 활개를 치고, 낮에는 군경이 득세하는 난리를 겪어야 했다. 격랑의 시간 앞에 누군들 웃는 얼굴을 드러내 놓을 수 있으랴.

잊어버려야 할 과거, 잊지 못하는 과거, 피아가 따로 없는 상처투성이, 지금도 가슴앓이는 계속되고 있다. 역사의 한 페이지로만 남아 있기에는 너무나 가슴 아픈 상흔傷痕이었다.

우리 집이라고 예외는 아니었다. 무장대가 집에 불을 지르자 우리 가족은 뒷마당으로 피신했다. 뒤쫓아 온 무장대 칼끝이 아버지를 내리치는 순간, 떨리는 손으로 얼굴을 감쌌다. 그때를 생각하면 지금도 전율이 친다. 밤이면 무장대 습격을 피해, 토굴 안 멍석 속에서 벌벌 떨다 잠든 적이 어디 한두 번이었던가. 날이 밝으면 무장대에 노역勞役했다며 군경에 끌려가는 무고한 양민들, 죄 없이 학살되는 모습을 수없이 보아왔다. 그들 중에 끌려간 고모부도 끝내 돌아오지 못했다. 지금은 아픔을 위로할 넋으로만 남아 있다.

시련과 가난으로 점철된 지난날, 아픔의 시간 속에도 살며시 번져나는 향수 같은 그리움도 있다. 언제인가 육지서 피난 온 친구와 함께 밀을 서리해 구워 먹다가 주인에게 들켰다. 다른 아이들은 모두 도망가고, 피난 온 친구만 붙잡혔다. 우리는 혼쭐나는 줄 알았는데 "배가 고파 그랬다고 했더니 다음부터 그러지 말라며 돌려보내 주더라."며 싱긋 웃는다. 그 후 밀밭 주인은 그 아이 집에 보리쌀 한 됫박을 보내 주었다. 어찌 생각하면 대수롭지 않는 일일 수도 있다. 꿀꿀이죽도 못 먹던 피난 온 사람의 입장에서 보면 인정의 샘이고 적선이었다.

관용과 포용은 세월의 벽을 넘어 분절된 시간을 밟는다. 발효되지 않은 순수한 추억의 뒤안길에 새겨진 인정미를 더듬노라면, 마음도 저절로 흐뭇해진다. 어쩌면 가슴이 점점 사막화되어 가는 현실에서 보면 지난날의 인정이 그리워지는 것은 당연한 일이다.

내 삶에 새겨진 존재의 의미가 때로는 기차의 선로 위를 스쳐 가는 바람이 된다. 그래도 각인된 아픈 상처는 쓰나미의 뒷모습으로 남는다. 상처는 아물지만 흉터는 남아 있는 것처럼.

때로는 지난날 살얼음을 걷는 가긍^{可矜}스런 일들도 분홍빛으로 찾아들 때가 있다. 아마도 기억과 망각 사이를 오가는 상념의 뿌리에는 모든 것을 아우르는 그리움이 돋아나고 있는지도 모른다.

쓰디쓴 눈물방울도 달콤함을 간직하고, 날 세운 시선도 세월의 가슴을 비비고 나면 내 안으로 달무리 짓는다. 그러기에 추억은 감미로운 것이다. 언제라도 찾아가, 세월을 만져 보는 나의 쉼터, 유영을 즐길 수 있는 세월의 빈 모퉁이. 지난날 내 삶의 빛깔을 더듬어 보려고, 마음의 여행을 떠난다.

세월에 돌아앉아 시간의 문양을 더듬던 상념의 비등점沸騰點을 마당으로 돌렸다. 낮은 하늘이 높아질 기미가 보이지 않는다. 과거와 현재를 아우르는 마당 안, '매울수록 삶이 더 진지해진다.'는 가르침을 초록에 물들이고 있다. 예기치 않은 삶을 위해 침묵의 다짐을 하고 있다.

세월의 빈 모퉁이를 가득 채워 가는 하얀 눈이 자꾸만 내린다.

제7부

침묵의 언어

계절의 화신, 제비
여유의 계절
도솔산이 보이는 창가
샤색
생태숲의 구상나무
나에게 띄우는 편지
가을 여정
비둘기
침묵의 언어

계절의 화신, 제비

지지배배, 지-지-배-배….

전깃줄에 모여 앉아 아침을 깨운다. 봄에 찾아와 여름을 지나고 가을에 떠나는 제비, 우리들과 친숙한 철새이다.

오늘 아침엔 단 한 쌍만 전깃줄에 앉아 있다. 무어라고 조잘 댄다. 한 마리가 고개를 돌려 조잘대면 다른 한 마리는 듣기 싫다는 듯 반대쪽으로 고개를 돌린다. 마치 아침부터 부부 싸움을 하는 모습을 연상케 한다. 그 내막은 알 수 없으나, 암컷으로 보이는 것이 날개를 퍼덕이며 성화를 부린다. 수컷은 암컷의 행동에 수긍이 안 간다고, 고개만 갸웃거린다. 암컷은 더 이상 울화를 참지 못했는지 어디론가 날아간다. 수컷도 덩달아 뒤를 쫓는다. 아마도 암컷은 지금 떠나자고 보채고, 수컷은 더 머물다가 떠나자며 여정을 놓고 일어난 싸움인 것처럼 보였다. 날아가 버린 전깃줄엔 아침의 가을 햇살만 가득 번져 난다.

봄은 언제나 제비와 함께 무르익는다. 예전에 고향집엔 매년 제비가 찾아와 집을 지었다. 어느 해인가, 제비는 집을 짓기 시작한다. 봄비가 자주 내려 젖은 흙을 물어다 벽에 붙여 보지만 자꾸만 떨어진다. 받침대를 해 주면 흙이 떨어지지 않겠거니 생각하고는 그렇게 해 주었다. 그런데 다음 날 보니 짓던 집을 그만두고 다른 곳에 집을 짓는 것이 아닌가. 수고로움을 덜어 준다는 것이 오히려 고생품만 늘린 결과가 되고 말았다.

작년에 지어 놓은 제비집이 있는데도 그것은 거들떠보지도 않고 새집 짓기에 열중이다. '남의 집에는 전세 들지 않겠다.'는 일념으로 한 일주일이 지나자 새 둥지가 완성되었다. 남의 둥지에 새끼를 키우는 뻐꾸기와는 비교된다. 제비의 몸매처럼 산뜻한 자긍심을 엿보게 한다. 아마도 집을 보수해서 쓰던 제비는 작년에 왔던 어미 새이고, 새로 집을 짓는 제비는 새끼이거나, 새로 찾아온 제비려니. 그 마음을 누가 알까마는, 미루어 짐작건대 새 생명은 새 둥지에서 키우고 싶은 모성애의 발로인지도 모른다.

제비는 사람과 가장 친숙한 철새이다. 제비의 꼬리를 형상화한 연미복燕尾服, 글자 그대로 두개로 갈라진 제비꼬리의 날씬한 모습을 담아낸 옷이다. 오늘날 의식에서 많이 입는 남자의 성장盛裝으로 예복이나 관극觀劇에 착용하는 옷이 되었다. 결혼식장에서 연미복을 보면 제비의 날씬한 몸매를 연상케 한다.

또 하나는 세 마리 제비를 형상화한 우체국 마크이다. 선정 과정은 잘 모르긴 해도 아마 이런 의미를 담아 형상화한 마크가 이닌가 싶다. 제비가 하늘을 나는 것을 보면 그 빠르기가 대단하다. 어떤 날은 높게 나는가 하면, 때로는 아주 낮게 날기도 한다. 예전에는 어른들이 제비 나는 모습을 보고 날씨를 추측하기도 했다. 높게 날면 쾌청하고, 낮게 날면 비가 온다고 했다. 그만치 빠르게 날아다니는 것이 제비이다. 이렇듯 첫째는 우편물을 제비처럼 빠르게 배달한다는 의미를 상징한다. 둘째는 제비의 정확성이다. 제비는 멀리 떠나 있어도 제 둥지를 정확히 찾아든다. 다른 새들보다 귀소본능歸巢本能이 강하다. 어미 제비는 약 5% 정도가, 새끼 제비는 약 1% 정도가 다시 찾아온다고 한다. 셋째는 친절을 상징하고 있다. 많은 새들 중에서 스스로 찾아와 사람들과 같은 공간에서 생활하는 새들은 별로 없다. 억지로 새장에 가두어 기르는 새들과는 다른 뉘앙스를 주는 친근감이 묻어난다. 그런 친근감을 형상화하여 친절하게 배달한다는 의미로 제작된 것이 아닐까 싶다.

태양의 열기가 드리운 7월 어느 날, 부부만 살던 보금자리가 시끄러워졌다. 세쌍둥이가 태어난 것이다. 어미가 먹이를 물고 오면, 눈을 감은 채 노란 입을 벌리고 어서 달라고 야단들이다. 아무리 아우성을 치고 자리를 옮겨 앉아도, 어미는 자신이 먹이를 준 것과 주지 않는 것을 용케도 가려내어 고르게 먹이를 나누어 준다.

새들에게도 사람 못지않은, 종족보존의 생명력과 모성애가 있다. 새 생명의 탄생을 위해 가슴으로 품어 온 정성은 자모慈母의 발로이고, 자리를 아무리 옮겨 앉아 보채어도 순서대로 먹이를 주는 것은 현모賢母의 모습이다. 둥지에서 날까 말까 망설이는 새끼에게 시범을 보이고 떠밀어내는 것은 용모勇母의 기지이다.

고향집에선 제비집이 일 년이 지나고, 이 년이 되어도 뜯어내지 않았다. 흥부와 놀부의 제비를 연상함인지, 내가 떼어내겠다고 하면 어머니는 만류한다. 어쩌다 고향집에서 초가집과 빈 둥지가 어우러진 모습을 보노라면 시골의 서정과 낭만을 새삼 느끼곤 했다.

여름이 지나면 빈 둥지만 남는다. 가을바람만 무심히 스치는 제비집, 떠난 것은 제비만이 아니었다. 아옹다옹 자라던 6남매도 새 둥지를 찾아 제비처럼 떠나갔다. 어디 남매만 떠나갔을까. 소중히 아끼고 쓰다듬던 애장품도, 하루에도 몇 번이고 제비 똥을 닦아내던 마루도 그만두고는 어머니도 떠나가셨다. 마루 앞에 매달려 있는 한 줌의 제비집도 한두 해 버티더니 자취를 감추었다. 이제는 고향집마저 세월의 뒤편으로 물러나고 말았다.

어찌 보면 떠난다는 것은 새로운 만남일 수도 있다. 일몰엔 새 아침이 올 것 같지 않지만, 결국 동이 트고 아침은 밝아 온다.

대문을 나서며 전깃줄을 쳐다보았다. 제비가 앉았던 자리에는 바람 소리만 스쳐 간다. 어쩐지 봄이 기다려진다. 봄을 기다린다는 것은 전깃줄에 앉아 조잘대는 제비들을 보고 싶은 마음일 수도 있다.

제비는 봄과 함께 찾아들고, 여름을 안고 떠나간다. 두 계절을 등에 지고 왔다 가는 제비. 안으로 스며드는 난향의 작은 물방울처럼 내 뒤편에 서서, 노닥거리는 추억의 계절을 오늘따라 더 짙게 끌어안는다.

여유의 계절

창문을 열었다. 어디서 날아왔는지 감나무 잎이 앞마당 잔디밭에 뒹굴고 있다. 울타리에 서 있는 먼나무 열매도 빨간빛으로 익어간다. 파랑에서 노랑, 빨강, 진홍빛이 마당 안을 색칠하는 것을 보면 가을이 짙어짐을 실감케 한다. 기억의 발자국처럼 흐르는 마당 안, 낙엽과 빨간 먼나무 열매가 이 가을을 물들이고 있다.

여름은 타인의 계절이라면, 겨울은 자기지향의 계절이다. 개방적인 여름, 폐쇄적인 겨울, 여름을 추억하고 겨울을 준비하는 계절이 가을이다. 사람마다 좋아하는 계절이 다르겠지만, 창가에 서면 나도 모르게 낙엽도 사색이 되어 감성을 자극할 때가 있다.

길을 걷다가 문득 하늘을 올려다본다. 얼기설기 얽혀 있는 전깃줄 사이로 다가서는 파란 하늘, 그렇게 여유로울 수가 없다. 우연히 마련한 노자路資 같은 여유로움이다. 여행을 떠날 수 있다는 위안 같은 넉넉한 마음이다. 푸르디푸른 하늘에 설익은 상념마저 떠나보낸 기분이다.

가을은 어느 곳을 둘러보아도 풍성한 색조가 영혼을 물들인다. 들은 들대로, 산은 산대로 여유로움이 묻어난다. 산과 들에 단풍이 물드는 모습을 보노라면, 마치 빗방울에 수를 놓은 햇살처럼, 무르익은 색조에서 가을의 진수를 맛보게 한다.

작년 어느 가을, 사려니 숲을 찾았다. 상록수림이 곧게 자라난 숲길에는 단풍잎을 떠나보낸 나무들이 여기저기 눈에 띈다. 비스듬히 누워있는 나무사이로 빨간 열매가 탐스럽게 매달려 있다. 가을 서정이 묻어난다. 길 건너에 파란 고사리위에 빨간 단풍잎 하나가 떨어져 있다. 마치 누가 갖다 놓은 것처럼. 초록의 고사리와 빨간 단풍잎, 미완의 수채화를 보는 듯하다. 그 모습이 정겨워 사진 한 장을 찍었다.

어느 날 무심코 휴대폰 사진을 열었다. 지나간 가을의 뒷모습에서 시선이 멈춘다. 삶을 간직한 고사리, 생명을 반납한 낙엽, 생존과 이별의 소리를 듣는다. 어딘가에 고독이 숨어 있을 것 같기도 하고, 양분될 수없는 내밀의 관계처럼, 조락의 계절을 끌어안고 있다. 서로 교감交感이라도 하듯, 안겨 있는 두 영혼에서 이별의 아픔을 본다.

가을 하면 또 하나의 여유의 소리가 있다. 귀뚜리 소리이다. 귀뚜리는 늦은 여름서부터 들녘에서부터 울어 옌다. 점점 마을 어귀에 이를 때면 수수가 영글어가고 호박이 누렇게 익어간다. 이때부터 담벼락에 서 있던 감나무에선 부산히 가을을 준비한다. 섬돌 가까이 다가설 쯤, 가을은 절정을 이루고, 귀뚜리는 초가집 모퉁이 구석구석을 누비며 목청을 돋운다.

어느 해 가을, 고향집에서 밤잠에서 깨어났다. 만창滿窓의 밤이다. 마루 가까이 찾아든 귀뚜리 소리, 바람결에 스치는 나뭇잎 그림자가 달빛과 어우러져 한밤을 장식한다. 옆방의 어머니 기침 소리가 들린다. 병석에 누워계신 어머니의 기침 소리 때문인지는 모르나, 낡은 창문 사이로 들려오는 귀뚜리소리가 어쩐지 고달픈 멜로디처럼 들려온다.

그때 들어보던 귀뚜리 소리와 오늘 밤 들어보는 소리는 사뭇 다르다. 상황에 따라 귀뚜리 소리도 다르게 들려온다. 세월은 흘러도 가을이면 어김없이 찾아드는 귀뚜리소리, 시간의 관념을 초극하여 목청은 예나 지금이나 다를 바 없다. 야심한 밤에 듣는 귀뚜리 소리는 이승의 마지막 운명의 서곡처럼 애잔 하면서도 슬픔이 묻어난다. 들을 때마다 음색이 다르다. 슬프거나 괴로울 때 들으면, 귀뚜리 소리도 그 마음을 헤아린다. 마음에 여유를 갖고 들으면 그 안에서 사색이 찾아들곤 한다. 듣는 이에 따라 다르게 들려오는 귀뚜리 소리, 언제 들어 보아도 가을의 서정이 묻어난다.

가을은 영혼이 맑아지는 계절이기도하지만, 풍요의 계절이기도 하다. 봄에 논밭에 모를 심는 것처럼, 가을은 마음에 여유를 심는다. 풍광 따라 어디론가 훌쩍 떠나고 싶은 계절이고 보면, 진정 가을은 여유의 계절이다. 하지만 내게는 그런 여유가 늘 가난한 집 부뚜막이 된다.

창가에 앉은 나의 어깨에 내려앉은 햇살이 어느새 거실 깊숙이 자리해 있다. 거실 안을 가득 메운 가을 햇살, 더 없이 한가하다. 그리고 여유롭다. 어디 햇살만 그러할까. 비록 내게 거둬들일 소출이 없다손 치더라도 마음이 풍족해 지는 것은 가을이 주는 또 하나의 여유가 아니겠는가.

도솔산이 보이는 창가

막내가 이사 온 아파트 창가에 섰다. 대전 도안동에 있는 도솔산이 한눈에 안긴다. 문을 열었다. 도솔산 위로 솟아오른 햇살이 방 안 깊숙이 찾아든다. 출근하는 차량들로 길거리는 점점 붐벼간다. 삶을 위해 바쁘게 달려가는 자동차 행렬, 세월이 내 발목을 붙잡고 있는 것을 잠시 잊고 내게도 저런 날들이 있었나 싶다. 자동차 행렬로 출렁이는 도로에서 시선을 아파트 단지로 돌렸다. 초등학생으로 보이는 아이가 가방을 메고 걸어간다. 아파트 길을 빠져나가는 아이를 보며 나의 초등학교 시절을 떠올려 본다.

초등학교 4학년 때인가, 건강검진을 받는 날이다. 이날은 어김없이 건강검진 마지막 순서로 옷에 디디티를 뿌린다. 그때는 어찌 그리도 이가 많았는지 겨울 양지바른 곳에 앉으면 이를 잡는 것이 일상이 되었고, 밤이면 공중에서 낙하하는 빈대 때문에 밤잠을 설치곤 했다.

교실마다 돌아다니며 검진하는 의사선생님은 하얀 가운에 목에 청진기를 걸고 다니는 모습이 어찌 그리도 멋이 있었는지. '나도 커서 의사가 되어야지.' 하고 야무진 꿈을 꾸었다.

그 다음 날 Y자 모양의 나뭇가지에 고무줄을 묶은 새총을 만들었다. 목에 걸고 보니 의사의 청진기와 흡사했다. 그 후 줄곧 학교를 오갈 때도 새총을 목에 걸고 다녔다. 수업시간에 새총을 목에 걸고 있다가 담임선생님으로 부터 주의를 받기도 했다. 아이들이 놀려도 아랑곳하지 않고 줄곧 목에 걸고 다녔다.

늘 마음속에 간직했던 의사의 꿈, 고등학교를 가면서부터 접어야만 했다. 실력도 문제이지만 뒷바라지해 줄 가정 형편도 아니었다. 졸업이 눈앞으로 다가왔다. 군대를 지원할까, 취직을 할까, 어느 것 하나 녹록지 않았다.

어느 날 어머니는 부면장에게 나의 취직을 부탁했다. 다음 날 연락이 왔다. 임시직, 그것도 기능직으로 일해 볼 생각이 있으면 졸업을 하고 나오라는 것이다. 몇 번을 두고 생각해 보지만 급사 노릇은 하기 싫었다. '더 이상 갈 곳 없는 바에야 서울로 가자. 서울에 가면 무슨 일이든 하며 공부를 계속해야지.' 진학의 꿈을 저버릴 수 없어 무작정 서울로 떠났다. 그러나 서울은 만만한 곳이 아니었다. 서러워서 울고 싶은 곳이 서울이라고 할 만치 찬바람의 연속이었다. 1년이 훌쩍 지나갔다. 학비는 고사하고 생활비도 빠듯했다.

새봄이 되었다. 집에 전보를 보냈다. 몸이 아파서 병원비가 필요하니 급히 송금해 달라는 거짓 전보였다. 일주일 만에 대학 입학금을 내고 조금 남을 정도의 금액이 송금되어 왔다. 그렇게 해서 대학의 꿈을 이루었고, 졸업도 했다. 서울에 있는 인문계고 강사로 취직했으나 5·16후 군 미필자는 전원 해고하라는 상부의 지시로 6개월 만에 해고되고 말았다.

얼마 후 교사 순위고사를 보고 교단에 선 지 삼십여 년, 회고해 보면 짧고도 긴 시간이었다. 삶에 후회는 있어도 직업에 후회는 없다. 하지만 누가 내게 다시 태어난다면 그때는 어떤 직업을 선택하겠냐고 묻는다면 나는 스스럼없이 '의사'라고 대답하겠지. 꿈이 꿈으로 끝나 버린 분절된 시간은 한낱 그리움의 노래가 되고, 흩어진 지난날들도 삶의 계절에 머문다. 우울한 하늘빛도 감출 수 없는 눈빛 하나로 지워 버리고, 발효되지 않는 순수한 밤을 안고 뒹굴던 지난날들이 떠오른다. 고독을 건져 올린 밑바닥에선 감출 수 없는 얼룩진 눈물자국도 매만져 본다.

세상을 내다보는 창가에 서면, 가슴 아픈 괴로움도 진홍빛 유영遊泳으로 몸을 행구고 싶을 때가 있다. 가시 많은 날들을 삼켜 온 시간들도 어쩐지 창가에 머문 햇살처럼 따사롭다.

내일 아침 또 다음 아침에도 도솔산 너머로 새로운 아침 햇살이 찾아오듯, 내 분신의 삶에도 언제나 해맑은 아침 햇살이 깃들기를, 창가에 서서 기도해 본다.

사색思索

사색은 물이다.

물은 용기에 따라 그 형태나 색이 다르게 나타난다. 그만치 유연성을 지닌다. 생각이 유연하다는 것은 여유와 여백과도 같은 것이다. 물은 낮은 곳을 향해 흐르는 본성이 있다. 생명을 잃지 않기 위해 흐른다. 그래서 고여 있는 물은 썩기 마련이다.

개울물은 돌돌거리는 시원함은 있으나, 속내가 훤히 들여다보여 그 깊이를 짐작하고도 남는다. 존재의 가치는 내면에 간직하고 있는 미지의 세계가 있을 때, 호기심은 증폭된다. 생각이 가벼울수록 개울물 소리를 낸다. 강물이 깊어야 드리운 낚싯줄에 대어를 낚을 수 있듯이, 고뇌와 생각의 중량감 또한 이와 별반 다르지 않다.

내 안에 흐르는 사색의 강 언덕에 새로운 풍경을 만들어 내고, 강 하구 어디쯤엔가 철새가 찾아드는 사구를 만들 수 있다면 이보다 더한 사색이 또 있을까.

내일보다 지금을 위해 강물의 숨소리를 들으며 나를 낚는다.

사색은 옷이다.

사람이 옷을 만들고, 옷이 사람을 만든다. 세상의 모든 것들이 때가 있는 것처럼 옷에도 때가 있다. 겨울이 지나면 외투를 벗는 것이 당연한 이치이다. 생각의 낡은 옷을 벗어던질 줄 아는 지혜, 양심에 옷을 입힐 줄 아는 예지. 입고 벗는다는 것이 말처럼 쉬운 일이 아니다. 버려야 할 남루한 옷을 걸치고도 그 옷이 버려야 할 옷인지 모르고 입는다. 그만치 타성에 젖은 삶은 언제나 고루한 생각을 낳는다.

언젠가 고향집 뒤뜰 나뭇가지에 하얀 저고리 곰 같은 게 걸려 있었다. 무슨 천 조각인가 하고 가까이 다가가던 발걸음이 멈칫했다. 뱀이 허물을 벗어 놓은 것이었다. 껍질이 찢겨진 모습은 실물보다 더 징그럽게 보였다.

뱀은 낡은 옷을 벗기 위해 나뭇가지나, 돌 틈을 이용해 머리부터 껍질을 벗기려 몸부림을 친다. 생존을 위한 전략이다. 낡은 껍질을 벗지 못하면 피부가 굳어져 죽는다는 사실을 잘 알기 때문이다. 그만치 절박한 상황에서 고통 따위는 감수해야만 한다. 진보를 위한 탈피이다.

인간은 진보하기 위해 사색하고, 뱀은 생존하기 위해 탈피한다. 사색과 탈피 그 어느 것이 우위라고 할 수는 없으나, 인간은 낡은 관념의 틀에서 깨어나기 위해 생각을 한다.

계절의 옷을 갈아입듯, 비록 보잘것없는 삶일지라도 생각의 옷을 갈아입고, 떠나는 계절을 물들이고 싶어질 때가 있다.

사색은 나무이다.

나무라고 모두 열매 맺는 것은 아니다. 어떤 것은 꽃은 있으나 열매가 없는 나무들도 있다.

우리 집 앞마당에 동백나무 두 그루가 있다. 하나는 재래 동백이고, 한 그루는 겹동백이다. 겹동백은 꽃은 무성하나 열매가 없다. 따지고 보면 사색은 왕성한 것 같이 보이나 실속 없는 화려함이다. 사색은 많으나 내용 없는 생각을 피워낸 것이다.

사색이라고 해서 모두 아름다운 결실을 맺지 않듯이, 열매라고 해서 모두 아름다운 것도 아니다. 홍시같이 탐스러운 감이 있는가 하면, 앙증맞게 매달려 있는 대추도 있다. 담장 위로 목 내밀고 옆집 규수 눈요기하느라 정신 팔린 선머슴 같은 모과, 못생겨도 어찌 저렇게 못생겼을까. 얼굴만 그런 것이 아니라 떫은맛과 신맛이 묻어난다. 그래도 차로 마실 때는 또 다른 맛을 느끼게 한다. 외형적 미와 내면의 맛은 일치하는 않음을 모과차에서 느껴 본다.

마음대로 되지 않는 것이 세상사이다. 사색의 나무를 심어 놓고 그 가지에 어떤 열매가 매달릴까 상상해 보는 것도 삶의 진보이다.

앞마당 먼나무는 해마다 열매를 맺지만 매년 새 열매이듯, 내 삶의 깊이도 새롭게 더듬어 보노라니 창밖엔 함박눈이 내린다.

봄을 시샘하는 눈이 내린다. 사색의 그늘처럼.

생태숲의 구상나무

한라생태숲을 찾았다.

한라생태숲은 5·16도로를 달리노라면 한라산 중턱에 자리해 있다. 한라산에 자생하고 있는 여러 수종을 한데 모아 식물의 행태를 한눈에 볼 수 있도록 조성한 곳이다. 구상나무 앞에 멈춰 섰다. 진한 녹색 사이로 듬성듬성 핏기 잃은 누런 잎들이 뒤섞여 있다.

사람이나 식물도 삶이 고단하면 얼굴에 그 표정이 드러난다. 마치 시집보낸 딸이 잘사는 모습을 보려고 찾아왔는데, 초라한 살림 살이와 창백한 얼굴에서 삶의 뒷모습을 보는 것 같아 어쩐지 마음 한구석이 편치 않다.

어느 날 느닷없이 고향 집이 아파트 단지 조성 구역으로 지정 되었다는 통보를 받았다. 집과 토지가 주택공사에 매입되면서 손 때 묻은 옛정을 고스란히 남겨두고 떠나게 되었다. 그중에서도 애 착이 가는 것은 구상나무였다. 결혼한 햇수와 엇비슷하게 자란 나무를 구해서 결혼 10주년 기념으로 앞마당에 심었다. 처음 심었을 때는 잘 자라더니 한 20년이 지나면서부터 위로 자라야 할 가지가 옆으로 용틀임하며 자라는 것이었다. 마치 우산처럼 자라나는 나무를 보고는 사람마다 '이 나무는 거꾸로 삽목을 했나, 옆으로만 자라게?' 한마디씩 건넨다. 나무는 수직으로 자라는 것이 정상인데 옆으로 가지를 뻗고는 짙은 그늘을 만들어 내었다.

구상나무는 지금 살고 있는 집에 옮겨 오기에는 너무 커서 어쩔 수 없이 팔기로 맘먹었다. 막상 팔자고 생각하니, 모처럼 심은 기념식수가 남의 손에 넘어 가다니, 평생 처음 심어본 기념식수이기도 하지만, 그것도 결혼 기념이라는 명제를 붙이고 심은 나무를 돈 몇 푼에 넘길 수는 없었다. 만나고 싶을 때 언제든지 찾아갈 수 있는 곳을 수소문하다가 생태숲에 기증하기로 했다. 어느 무더운 여름날 이곳으로 옮겨 온 후 2년 만에 찾아온 것이다.

산이나 들에 나서면 울창한 나무들을 만난다. 한곳에서 태어나 세월을 다독이며 성장을 하고 고목이 된다는 것은 행운이다. 그런데 나와의 인연으로 산에서 정원으로 다시 생태숲으로, 거듭되는 이사 과정이 나를 닮았다. 옮겨 올 때는 호숫가에 심겠다더니, 길가 억새밭 사이에 심어져 있었다. 기증자 팻말을 가슴에 달고 나를 기다리듯 서 있는 모습이 참으로 반가웠다. 반가움 뒤에 찾아드는 서운함, 앞마당에 있을 때 그 푸르던 진녹색은 간데없고, 풀기 잃은 이파리는 노정된 삶의 과정처럼 보였다. 사람이나 식물이

나 이사를 하면 새로운 곳에 적응하기란 그리 쉽지 않다. 환경에 순응해 온 과정이 오늘의 삶을 만들어 놓은 시간이었음을 짐작게 했다. 마치 시집간 딸이 어떻게 살고 있나 보러 온 것처럼 잘살고 있으리라 기대하고 왔는데, 잘살기는커녕 초라한 살림살이와 핏기 잃은 딸의 얼굴을 보면 어느 부모인들 맘이 편할까. 며느리 잘사는 모습보다 딸이 잘사는 모습을 지켜보는 것만으로도 흐뭇해지는 것이 인지상정이다.

결코 흐뭇해질 수 없는 살림살이, 그래도 멀리 떠나보내지 않고 만나고 싶을 때 찾아올 수 있다는 것 하나만으로 위안을 삼아야 할 것 같다.

문만 열면 마주하던 구상나무, 심은 뜻이 늘 지켜보던 시간을 뒤로하고 이제는 계절의 물러선 배경으로 다가설 뿐이었다.

찬바람이 차츰 물러서고 철쭉꽃이 쓰러질 때쯤, 따스한 햇살에 새 움 밀어내고 봄을 다독이던 구상나무였다. 여름날 굴뚝새가 소나기를 피해 쉬어 가기도 하고, 따가운 햇살을 가려 놓은 돌 의자에 앉아 더위를 식히곤 했다. 가을이면 녹색의 절정을 이루고, 겨울이면 눈 속에 머리를 파묻고 입 다물고 봄을 기다리던 구상나무였다.

무수한 언어로 살아온 날들을 이야기할 것 같지만 끝내 침묵하는 구상나무, 어쩌면 그것이 시집간 딸의 마음인지도 모른다.

구상나무를 뒤로하고 되돌아 나왔다. 침묵하던 아내가 말을 건넨다. 예전에 집에 있을 때보다 더 작아졌다며, 안타까운 웃음을 짓는다. 팻말이 없으면 전혀 몰라볼 것 같았다.

모처럼 기대를 하고 찾아왔으나 실망과 아쉬움 뒤에는 결혼이라는 의미도 함께 있었다. 어쩌면 결혼이라는 것도 기대와 희망은 열두 폭짜리 병풍 안에 그려진 봉황의 꿈을 안고 시작했지만, 행복의 울림보다 쓴맛을 느끼는 것이 결혼 생활일 수도 있다. 그 쓴맛을 잊지 않기 위해 심은 나무 역시 쓴맛을 곱씹고 있었다.

다음에 찾았을 때는 더 짙은 진녹색이기를 기대하면서 자동차에 올랐다. 아직 오지 않은 날은 신뢰하고 믿어야지, 그리고 기다려야지, 금혼식이 되는 날 다시 찾아야지. 지금의 현기증은 얼마나 무익한 절망감인가를 깨닫는 날을 기다린다.

나에게 띄우는 편지

운명을 믿으시는가.

나는 왜 지금처럼 살고 있는가. 나는 왜 병상에 누워 있는가. 원인을 생각하지 마시게. 운명을 긍정하며 살아가는 것이 삶의 이치니까. 사는 게 뭐 별거 있는가. 주어진 하루를 충실히 살다 보면 세월은 그렇게 가는 것이지. 이것이 병실에서 얻은 나의 지혜라네.

아등바등 산다고 생활이 더 나아지던가. 산다는 것은 삶을 위해 마음에 길을 닦는 일이니까.

연극은 대본에 의해 연출되지만, 인생은 연출에 의해 대본이 쓰여진다네. 때론 대본 속에 삶의 때깔을 들여다보며, 새로운 대본을 쓰기위해, 내키지 않는 연출도 하며 사는 것이지. 연출하지 아니하면 대본도 없는 일이라서 대본을 쓰기 위해 수업료를 오늘 치르고 있다네.

지금 겪고 있는 시련은 인내의 씨를 뿌리는 것이라 믿고 싶으이. 봄에 씨를 뿌리지 않고 가을의 소출을 기다리지 마시게. 마음에 고통을 심는다는 것은 어쩌면 가을을 갈무리할 준비이니까.

혼자 누워 병실 천장에 시선을 던져 보지만, 찾아드는 것은 답답한 마음만 가중될 뿐일세. 고개를 돌려 조금 벌어진 커튼 사이로 파란 하늘을 보니, 옹색하게 열린 공간을 통해 하얀 눈송이도 지나가고, 구름도 흘러가는 것을 보았지.

내 눈망울에 잠길 만큼 열린 공간을 통해 얻어지는 마음의 위안. 죄수가 감방 안 창살 사이로 흘러가는 하늘을 보고, 얻어지는 마음의 여유라 할까. 미처 깨닫지 못한 여백의 자유가 내 마음을 쓰다듬고 있다네. 활짝 열어 놓은 창문에서 얻을 수 없는 자유를, 좁은 공간을 통해 지친 마음의 여유를 만끽해 보고 있지.

고통 없는 삶 어디 있던가.

어제 로비에서 만난, 다리를 절단하고 두 달을 병원 신세를 진다던 그 사람의 표정을 더듬어 보았지. 양쪽 다리를 다 잃지 않는 것만으로도 행복이라는 표정을 보았다네. 아마 그런 표정이 있기까지는, 눈물보다 가슴 아픈 사연을 수없이 곱씹었겠지. 찾아드는 절망과 고통마저 사랑했겠지. 나와 견줄 수 없는 삶의 무게를 보았다네. 현실을 왜곡하며 산다는 것은 더 가슴 아픈 일인지도 모르지. 그리고 보니 병실 생활을 통해 삶은 나만의 고통이 아니라는 것도 배웠지. 영글지 않은 발걸음으로 계절의 뒷모습을 끌어안아 보았다네.

때로는 조화롭지 못한 내 얼굴에서 삶을 위해 시간이 흐르고 있음을 보아야지. 삶을 위해 스쳐 간 계절의 풍경을 마음에 그려 놓아야지. 아직은 저만치 있는 인생의 겨울을 맞기 위해, 어둠이 일어선 내 몸뚱이를 하늘이 구름을 품듯, 가슴 가득 보듬어 안아 보아야지. 거기엔 지나온 삶보다 더 짙은 문양이 나를 기다리고 있을 테니까.

밤이 깊을수록 허황된 꿈을 꾸지 마시게.

진통제에 의지해 잠이 들었다가 한밤중에 깨고 나니, 다시 잠을 청해 보지만 잠은 벌써 밤을 거부하고 있다네. 복도에 슬리퍼 끌며 지나가는 발걸음 소리까지 병실 안으로 찾아드는 것을 보면 하얀 밤이 될 듯싶으이. 가끔씩 찾아드는 통증을 잊으려고, 낮이 허락하지 않은 상념들을 꺼내어 색칠도 해 보았지. '밤은 역시 죽음을 예감하는 언어'라는 말을 실감해 본다네. 내가 살아온 지난 날들의 초라한 자화상을 내팽개쳐 보기도 하고, 내가 만일 명예를 얻는다면, 만일 수십억의 복권에 당첨이 된다면, '내가 만일'이라는 단어가 백야의 밤을 보내기도 했지. 현란한 망상은 병실 안을 가득 채운 것도 모자라, 잠잠하던 통증을 부추겨 한겨울 밤을 더 길게 늘여 놓고 있다네.

산다는 것은 두 가지 명제가 존재한다지. 첫째는 '내가 현재 존재하고 있다는 사실을 자각하는 것'이고, 또 하나는 '죽음으로부터 삶을 구제하는 일'이라 했네. 내가 오늘 살아 있다는 것은 마음의 쾌유를 통해 나 자신을 회복하는 일일세. 그것이 오늘의 최고 목표이니까.

삶의 의미를 되찾기 위해 부질없는 아집도 내려놓으시게. 베푸는 지혜도 배워 보시게. 어쩌면 그것이 삶의 보람이 될 수 있으니까. 흐린 날처럼 우울한 마음이 고이거든, 나보다 더 지친 병상을 들여다보시게. 그러면 쾌유의 새날이 더 빨리 오려니….

가을 여정

만추晩秋 하면 색조의 계절이자 조락의 계절이라고들 한다. 그
만치 가을은 산그늘에 묻어나는 아름다운 색조의 멋과 원근遠近이
더 선명하게 드러나는 계절이자, 지는 낙엽에서 삶을 뒤돌아보게
하는 조락이 계절이기도 하다. 초록빛 베갯머리에 앉아 있던 나뭇
잎들도 어느새 낙엽 되어 발아래 구를 때면 나도 모르게 산색山色
의 아름다움에 취하고 싶어진다. 그러고 보면 가을은 꿈꾸는 처녀
의 가슴이고, 이유 없이 길 나선 사내의 뒷모습 같아서, 때론 어디
론가 떠나고 싶은 충동을 느끼곤 한다.

언젠가 아파트 길을 걷다가 담벼락을 기어오르는 담쟁이 앞에
멈춰 섰다. 어찌나 색이 곱게 물들었는지, 앙증맞은 색조를 휴대
폰에 담아 보곤 했다. 여름의 열정을 잎새마다 담아내고 있다. 마
치 색동옷입고 배시시 웃는 어린아이같이 꾸밈없다. 그 모습이 참
으로 곱다. 가을의 대명사는 단풍과 낙엽, 그리고 이별이라 할 수
있다.

가을은 아름다운 색조로 넘쳐나는 계절이다.

하얀 손수건을 던지면 금방 물들 것 같은 파란 하늘이 드높고, 산허리에서 놀던 뭉게구름이 흩어져 새털구름, 비늘구름이 되어 흐른다. 그 구름들을 보노라면 여유롭고 그렇게 한가해 보일 수가 없다. 어디 산과 하늘만 아름다울까. 가을바람에 스쳐 가는 은빛 햇살이 아름답고, 해거름에 타오르는 노을빛, 그것도 여인의 모시 적삼에 내비친 살결처럼 은은히 번져나는 노을이 더없이 아름답다.

호젓한 산길에서 들려오는 이름 모를 새들의 소리도 아름답고, 스무사흘 달빛에 울어 예는 귀뚜리 소리도 아름답다. 초어스름 외딴집 창문 새로 흘러나오는 어린아이의 웃음소리는 더없이 정겹다.

이처럼 가을은 아름다움과 색조의 계절이기도 하지만, 여백과 여유, 감성의 계절이기도 하다. 창틈으로 스며든 바람에 사늘한 피부의 감촉을 느끼며 책장을 넘기노라면 계절이 주는 사색도 밤이슬 찾아들듯 나도 모르게 내 곁으로 찾아든다. 문득 기억의 저편에 머물던 추억들도 불쑥 찾아와 백야의 여정을 즐긴다.

나이가 들면 들수록 무심코 계절의 뒷모습을 들여다볼 때가 있다. 나이를 계절에 비유해 보면 나는 지금 가을의 끝자락에 서 있다. 만추의 여흥을 즐기고 있는 셈이다. 그 여흥 속에는 알지 못하는 아쉬움도 묻어날 때가 있다. 가을의 끝자락은 겨울을 기다리는 나처럼 어쩐지 쓸쓸함도 함께 묻어난다. 그만치 가을이 나에게 주는 정감은 때로는 이별마저도 아름답게 느껴진다. 나이가 들어 천수를 누리다 돌아간 사람을 호상好喪이라 한다. 그만치 복력福力이 좋은 사람이라는 말이다. 이별의 슬픔 뒤에는 아름다움도 있다. 석양은 하루의 이별이지만 그 노을빛이 아름답고, 곱게 물든 단풍잎이 떨어지는 낙엽에서 이별의 아름다움을 본다.

여름을 끌어안고 자라 온 나뭇잎이 스스럼없이 삶을 반납하는 모습도 아름답고, 생의 끝자락에서 마지막 삶을 불태우는 모습 또한 아름답지 아니한가. 산경山景의 색조 앞에 숙연해지는 이유가 바로 여기에 있다.

가을, 생각만 해도 마음이 풍족해진다. 비록 내게 거둬들일 소출이 없다 해도 계절이 주는 감미로움 하나만으로도 마음에 여유가 묻어난다.

올해도 가을은 어김없이 지고 있다. 앞마당에 서 있는 먼나무 열매가 빨갛게 익어 가고, 옆집 감나무 잎이 몰래 담장을 넘어와 마당에 소복이 쌓인다. 떨어진 가을을 쓸면서, 나만의 때깔로 떠나는 계절을 물들이고 싶어진다.

이 가을이 가기 전에….

비둘기

비둘기 하면 누구나 평화의 상징으로 여긴다. 그만치 성질이 순해서 길들이기 쉬운 새이다. 먼 곳에서도 자기 둥지를 잘 찾아오는 귀소성 때문에 옛날에는 통신용으로 이용하기도 했다. 그런 비둘기가 우리 집에 찾아들었다. 처음엔 한 마리만 날아와 마당 안을 거닐며 모이를 줍다가 날아가곤 했다.

마당에서 종종걸음으로 모이를 줍는 비둘기를 보고 "너는 짝도 없어, 매일 혼자만 오게? 한번 데리고 와 봐." 아내는 비둘기에게 핀잔을 주듯 이야기한다.

비둘기는 혼자 다니는 일이 거의 없다. 무리를 지어 광장에 살거나 한 쌍을 이루어 다니는데, 우리 집에 날아온 비둘기는 짝을 잃었는지, 혼자 날아와 모이를 줍다가 날아간다.

어느 날 마당에는 두 마리가 날아와 모이를 줍고 있었다. 아내의 핀잔에 나도 짝이 있다는 것을 보여 주려는 듯, 뚱뚱한 비둘기한 마릴 데리고 왔다. 암컷인 듯 보였다. 뚱보 아내를 맞은 것이다. 먹이를 보면 구구구 소리 내어 불러다가 모이를 줍게 한다. 그러니 뚱보가 될 수밖에. 잘 날지도 못한다. 아내를 닭둘기로 만든 것은 수비둘기였다.

이 비둘기 부부는 우리 집에 눌러앉기로 작정을 했는지, 2층 돌출 창 위에 살림을 차렸다. 낮에는 다른 데 갔다가도 해 질 무렵이면 찾아들어 구구거린다. 좋아도 구구, 싫어도 구구, 언어는 하나처럼 들린다.

처음엔 모이도 주고 귀엽게 보았다. 하지만 날이 갈수록 시어머니 미운 며느리 보듯, 미워지기 시작했다. 침실과 화장실을 구별하지 않고 살아가기 때문이다. 처음에는 그것도 그저 그러려니 하고 지냈다. 날이 갈수록 그 한도가 넘쳐나자 미움은 더해 갔다. 똥을 치울 때마다 짜증이 났다. 하루 이틀도 아니고 매일 그 뒷바라지를 하는 것도 여간 귀찮은 일이 아니었다. 똥을 치우다가 아내에게 "모두 다 당신 때문이야." 하고 원망 아닌 핀잔을 주기도 했다.

아무리 평화의 상징인 비둘기라 하지만 똥까지 상징으로 받아들일 수는 없었다. 더 이상 이곳에 살지 못하게 돌출 창 위를 박스로 막아 버렸다. 내 행동을 비웃기라고 하듯, 비둘기들은 아래층 창문 위로 거처를 옮겼다.

저녁 무렵에 돌출 창 위와 유리까지 깨끗이 씻어 놓았다. 다음 날 아침에 일어나 보니 유리창에 하얀 배설물을 갈겨 놓고는 여유롭게 모이를 줍고 있었다. 어찌나 화가 나는지 화단 앞에서 벽돌 조각을 주웠다. 차마 자기들에게 던지리라고 예상을 못했는지 한가롭게 모이를 줍는 비둘기를 향해 힘껏 던졌다. 털이 뽑히도록 맞고는 어디론가 날아가 버렸다. 그 후론 다시 오지 않았다.

아침에 일어나 돌출 창 위를 습관처럼 쳐다본다. 있을 때는 그렇게 귀찮더니, 없으니 어쩐지 마음이 허전하다. 이 무슨 심보란 말인가. 있을 땐 귀찮아하다가, 없으면 허전해지는 이중적 마음은 알다가도 모를 일이다.

어느 날인가 운동장 길을 걸었다. 서너 마리 비둘기들이 모이를 줍고 있었다. 그들 중 한 마리가 한쪽 다리를 들고 절룩거리며 모이를 줍고 있었다. 어쩐지 안쓰러워 보였다. 어쩌면 나의 돌팔매에 불구가 된 것은 아닐까 하는 생각에 가던 걸음을 멈추고 뒤돌아보았다. 만일 내 돌팔매로 장애를 입은 비둘기라면, 나는 단 한 번의 행동이지만 비둘기는 평생 장애를 안고 살아야 한다. 어쩐지 죄책감 같은 미안함이 찾아드는 것이었다.

모든 일이 그러하듯이 작은 행동이 큰 불행을 낳는다. 그때 그 비둘기가 아닐 거야. 아니기를 바라는 것인지, 정말 아닌지는 분명하지 않으나 속마음은 아니라고 속단해 버린다. 남의 잘못은 크게 나무라면서도 자기 잘못은 변명으로 일관하는 것은, 아마도 선_善의 마음에서 소외된 부분이 아닐까 싶다.

하루는 서울에 사는 둘째로부터 전화가 왔다. 이야기 도중에 베란다 위에 새들이 날아와 똥 싸는 것 때문에 속상하다는 말에, 아내가 그곳에 그물망을 놓아 보라고 한다. 얼마 후, 이제는 새가 오지 않는다고 좋아했다. 그물망을 놓아두기만 해도 새가 다시 오지 않는다. 새만이 아니라 고양이나 개들도 그물망 있는 곳에는 잘 오지 않는다. 아마도 포획의 도구로 알고 접근을 피하는 모양이다.

작은 지혜가 새로운 것을 창조한다고 했다. '이 방법을 미리 알았더라면….' 하는 때늦은 아쉬움, 아마도 비둘기에 대한 미안함의 발로인지도 모른다.

침묵의 언어

꽃은 침묵의 언어이다.

말은 없어도 늘 대화는 이어진다. 보는 이에게 사랑을 주고, 꿈을 주고, 흔들리는 마음에 위안을 준다. 그래서 정원에 꽃을 심는다. 시드는 꽃잎을 보기 위해 꽃을 심는 사람 있을까. 아름답게 활짝 핀 꽃잎과 향기에 취하고 싶은 마음에 꽃을 심는다. 메마른 가슴에 서정을 담기 위해 꽃을 심는다.

시들지 않는 꽃이 있다. 늙지 않는 얼굴이 있다. 꽃은 피었다가 시드는 것이 순리이고, 사람은 세월이 가면 늙는 것이 자연의 섭리이다. 이 순리와 섭리를 어기는 것이 있다면, 사진 속에 곱게 핀 꽃과 아이들이 모습이다.

어느 날 앨범을 뒤지다가 색 바랜 사진 한 장을 손에 들었다. 사진 속의 앳된 얼굴은 세월을 비켜섰지만, 바랜 색에는 오랜 시간 머금은 때깔이 묻어나 있다.

사진 속 오빠는 6살이고, 동생은 4살 때이다. 앞집에 사는 처녀는 두 남매를 무척 귀여워했다. 가끔 데리고 가서 점심을 먹여 주고, 씻겨 주기도 하고, 간식을 만들어 보내 줄 때도 있었다.

어느 날 장독대 앞에서 '오빠의 귀를 간질이며 놀고 있는 모습이 어찌나 귀여웠는지, 얼른 카메라에 담았다.'며 건네준 사진이다. 그 아이들은 어느새 오십 줄에 들어선 나이가 되었다. 40여 년의 흘러간 시간을 오늘 만나 보는 것이다. 한순간을 포착한 모습이 이렇게 오래 남아 추억으로 되살아난다. 그래서 사람들은 사진을 찍는다.

사진을 왜 찍느냐고 물으면 사람마다 다르게 표현할지는 모르나, 대답은 하나로 귀결된다. 지난날을 뒤돌아보기 위해, 추억을 곱씹으려고, 추억을 반추해 보려고 표현은 달라도 결국 대답은 '추억의 유영遊泳'을 위해서라고….

사진은 언제나 과거의 모습을 더듬게 한다. 좋은 날의 추억보다 슬픈 날의 추억이 더 짙게 다가설 때가 있다. 가난했던 시절이 그리워질 때가 있다. 가난이 좋아서가 아니라 그 시절이 그리워지기 때문이다. 추억은 언제나 아름답다. 시들지 않는 꽃으로, 늙지 않는 나이로 다가온다.

사진 속 아이들의 미소 뒤에는 나의 젊은 날들도 있었다. 지금와서 생각해 보면 그때가 더없이 행복한 나날이었다. 하루하루 달라지는 아이들의 모습에서 삶의 보람을 찾았는지도 모른다.

언젠가 지인이 찾아와 큰애에게 만 원을 주고 갔다. 그 돈을 들고 나가 만화책이며 장난감을 사면서 모두 써 버렸다. 엄마에게 호되게 꾸중을 듣고는 집을 나간 후 저녁이 되어도 집에 들어오지 않았다. 온 동네를 다 찾아도 오간 데가 없다. 뱃머리 선착장에 이르렀을 때 큰애의 옷과 똑같은 옷이 물 위에 떠 있는 것이 아닌가. 가슴이 철렁했다. 허겁지겁 장대를 찾아 건져 올렸다. 누가 헌옷을 버린 것이었다. 집에 돌아와 보니 옆집에서 놀다가 잠이 들어 옆집 아주머니가 업어 왔다는 것이다. 아이들을 키우면서 이때처럼 가슴이 내려앉은 적은 없었다.

둘째는 어렸을 때는 이유 없이 울기만 했다. 그렇게 울던 울보가 유치원에 입학하면서부터 영 다른 아이로 변해 갔다. 어느 날 아내가 유치원을 찾았다. 울보였던 딸이 당번 완장을 차고 식사도 나르고 활달하게 지내는 모습이 그렇게 대견스럽게 보이더라는 것이다.

아이들은 변한다. 그래서 어른이 된다. 그러나 이 사진 속의 아이는 변하지 않았다. 구김살 하나 없는 미소 뒤엔 천진난만함이 묻어난다. 누가 이 아이들을 보고 늙는다고 할까. 사진을 보면 볼수록 무심한 세월의 그림자만 짙게 드리워진다.

시간이 자라는 뜨락

초판 인쇄 2018년 9월 5일
초판 발행 2018년 9월 18일

지은이 정윤택
펴낸이 노용제
펴낸곳 정은출판

주 소 04558 서울시 중구 창경궁로1길 29 (3F)
전 화 02-2272-8807
팩 스 02-2277-1350
출판등록 제2-4053호(2004. 10. 27)
이메일 rossjw@hanmail.net

ISBN 978-89-5824-375-5 (03810)
값 12,000 원

· 이 책은 국가문화예술진흥회, 제주문화예술재단,
  제주특별자치도의 기금을 지원받아 발간되었습니다.